AF502667

MARJOLAINE

PAR

HENRI MARET

EXTRAIT DU JOURNAL *L'OPINION NATIONALE*

PARIS

IMPRIMERIE DE DUBUISSON ET COMP^e

5, rue Coq-Héron, 5

1863

MARJOLAINE

Par HENRI MARET

I

Now : My dear...

Les voyages forment la jeunesse. Mon père, convaincu de la vérité de cet adage, me fit appeler dans son cabinet, et broda sur ce thème les variations suivantes :

« Ernest, tu as seize ans, et tu viens de terminer ta rhétorique : c'est très bien. Tu as remporté le prix d'honneur : c'est mieux encore. Il s'agit, durant tes vacances, de te préparer à la philosophie. »

Ce début ne me plut pas. Généralement, les discours de mon père sur la préparation aux études aboutissaient au choix d'une large feuille de papier réglé, que l'excellent homme disposait transversalement le long d'un petit pupitre placé à l'extrémité de son bureau ; après quoi il me faisait signe de m'asseoir, ouvrait un livre devant mes yeux, approchait consciencieusement de ma plume un encrier de verre bleu, que j'aperçois encore ; puis j'en avais pour deux bonnes heures à expliquer Tacite ou résoudre une équation.

Ce début ne me plut pas.

Néanmoins le vieillard s'enveloppa dans sa douillette jaune, qui avait une grande tache à l'épaule gauche, et continua d'un ton ferme :

— Mon enfant, il faut t'instruire...

Alors il ouvrit son tiroir, et mes yeux se fermèrent pour ne pas voir la large feuille de papier réglé, l'encrier de verre bleu, et le Tacite, où il manquait une page, que j'avais cédée à Minette à titre de don gratuit, afin qu'elle la roulât entre ses pattes jusqu'à entière solution de la difficulté victorieuse. Quel ne fut pas mon étonnement, lorsque au lieu du Tacite, de l'encrier et du papier, je m'aperçus que mon père avait retiré et déposé près d'une lettre cachetée une telle quantité de pièces d'or, que, dans mes rêves les plus insensés, j'eusse à peine osé en espérer la vue pour le reste de mon existence. Je comptai jusqu'à dix, et je demeurai ébloui.

Ce fut avec le plus profond respect que je tournai mes regards vers l'auteur de mes jours.

Il se pencha sur son fauteuil, et, considérant attentivement l'extrémité de mes souliers, comme s'il eût craint qu'ils ne pussent me suffire pour le voyage projeté, il dit :

— Te souviens-tu de ton oncle Antoine?

Je me souvenais de mon oncle Antoine.

— Ton oncle Antoine, mon enfant, n'est pas un exemple que je te donne. Quoique honnête homme et digne de tous les respects, il a fait, selon moi, une méchante fin, en quittant notre sainte religion catholique pour embrasser le schisme anglican. Ils est devenu ministre et a épousé ta tante. Les raisons de cette détermination m'échappent. Comme d'ailleurs c'est un saint homme, il m'a écrit hier à ton sujet.

— Vraiment! m'écriai-je; car il faut vous dire que j'aimais passionnément mon oncle Antoine.

— Ne m'interrompez point, reprit sévèrement mon père... Oui, monsieur, continua-t-il avec un air de blâme sincèrement caractérisé, votre oncle a bien voulu m'écrire, et pour la première fois depuis six mois m'a suggéré une idée juste. Votre oncle habite Greenwich ; mais il est en ce moment à Douvres. Il désire que vous alliez passer quinze jours auprès de lui.

Je ne pus empêcher mes membres de se livrer à un frétillement joyeux, qui eut pour premier résultat de rompre la communication magnétique établie entre les yeux de mon père et la pointe de mes chaussures.

Puis la robe de chambre, qui avait une grande tache à l'épaule gauche, se drapa convulsivement.

— Est-ce que je vous ai dit que je consentais à ce voyage ?

Je jetai un regard craintif sur les napoléons.

— Mettez-vous là, dit mon père, et écrivez.

Un nuage passa dans la chambre immense; et ce nuage était chargé d'auteurs latins, de feuilles de papier réglé et d'encriers de verre bleu.

— Ecrivez, dit mon père.

Et il dicta :

« Mon cher oncle,

» Je vous remercie de votre bonne lettre, et serais enchanté de faire un voyage à Londres, et surtout d'aller vous voir pendant mes vacances. Je ne sais pas si papa y consentira. »

Je soulevai la tête; mais mon père répéta :

« Je ne sais pas si papa y consentira. Ses occupations l'empêchent de m'accompagner, et je ne puis me mettre en route tout seul. (Ce fut la dictée; mais j'écrivis sournoisement : et il dit que je ne puis me mettre en route tout seul). Cependant il me serait possible d'aller jusqu'à Dieppe ; mais il faudrait que notre ami le capitaine *Foot* se trouvât à l'hôtel, à mon arrivée, pour me conduire jusqu'à vous. Il faudrait aussi que vous pussiez me ramener à Paris, papa serait très content de vous voir. C'est lui qui me charge de vous le dire. J'embrasse ma tante et mon cousin Charles. Adieu, mon bon oncle, je suis

» Votre neveu affectionné,

» ERNEST. »

— *Post scritptum*, dit mon père.

— *Post scriptum*, répétai-je.

Mon père prit la lettre, la relut attentivement, et me fit remarquer que le mot *post-scriptum* avait été réduit par moi à son expression la plus simple, c'est-à-dire aux deux lettres *P.-S.*, séparées par un trait. Cette inconvenance était sans excuse, et je pris un grattoir.

Quand j'eus soigneusement enlevé les majuscules irrespectueuses, remerciant Dieu que mon père ne se fût pas aperçu du léger changement introduit dans sa rédaction, il se trouva qu'il y avait un trou dans le papier.

Je dus copier littéralement la missive, et cela me prit un grand quart d'heure, car j'eus soin d'éviter toute nouvelle étourderie.

Puis mon père me donna une enveloppe, et j'écrivis sur le dos :

A Monsieur Antoine, à Douvres, hôtel des DEUX-TÊTES-NOIRES (*Angleterre*).

L'or continuait à reluire sur le bureau auprès de l'épître cachetée.

Mon père retourna cette dernière, et je vis qu'elle portait pour suscription :

A monsieur Antoine, à Douvres, hôtel des DEUX-TÊTES-NOIRES (*Angleterre*).

— Il est certain, murmura-t-il, comme se parlant à lui-même, et laissant flotter les vastes plis de la douillette, qui avait une tache à l'épaule gauche, il est certain que cet homme et ce voyage peuvent être fort utiles à un élève de philosophie.

J'avançai la main vers un pain à cacheter.

— *Post-scriptum*, dit mon père.

Il s'arrêta et compta les pièces d'or. Il y en avait bien dix.

— Soixante francs..., grommela-t-il. Les menus plaisirs... les événements imprévus... cent francs pour le séjour... je ne crois pas... cependant... ce doit être l'affaire.

— *Post-scriptum*, dit-il.

Je repris la plume.

— Papa consent.

Et le tiroir se referma, et je vis disparaître par la croisée les fantômes des versions, des encriers bleus et des feuilles de papier réglé.

Et, deux jours après, j'étais installé dans un wagon de première classe, roulant sur la route de Dieppe.

Le hasard m'avait donné de singuliers compagnons de voyage. Ils étaient trois : deux femmes et un homme. Ce dernier, grand et maigre ; les deux autres, grandes et maigres. Tous les trois paraissaient appartenir à la même famille. La plus âgée des deux femmes avait une de ces figures qui vous reviennent en rêve toute la vie, quand vous les avez regardées une fois, une figure dont les traits rappelaient ceux de Meg Merrilies, la sorcière de Walter Scott. Face anguleuse, bouche torse, cheveux gris s'échappant d'un bonnet à rubans jaunes, surmonté d'un chapeau à rubans verts. Les mains étaient décharnées ; un œil louchait. Le corps était recouvert d'une immense robe de taffetas rose, sur laquelle s'amoncelaient les plis d'un manteau béarnais. Cet épouvantail occupait le coin gauche ; j'occupais celui de droite. Nous étions donc placés vis-à-vis l'un de l'autre.

La jeune fille, car c'était une jeune fille qui avait pris place à ses côtés, devait être ou la sœur ou l'enfant de l'homme assis à sa droite. Ils ne se parlaient pas ; mais un certain air de familiarité régnait dans leur silence ; leurs deux physionomies, bien que diverses, ne manquaient pas de cette faible teinte de ressemblance qu'on voit la nature épandre en même temps sur la laideur et la beauté. La femme était jolie, l'homme hideux. Celle-là portait une robe simple et montante ; celui-ci un pa-

letot de poil d'ours, un pantalon écossais, un cache-nez russe, et son chapeau gris sur les yeux. Les pieds de tous les trois occupaient d'ailleurs avec tant de persévérance toute l'étendue des boules d'eau chaude, que je ne pus parvenir, malgré des efforts multipliés, à introduire dans aucun interstice mon talon entièrement gelé.

Les nuits de septembre se ressentent souvent du voisinage de l'automne. Je fus très mécontent de ma situation, et les personnages assis devant moi ne m'inspirèrent d'abord aucun intérêt.

Je plongeai la tête dans l'angle des coussins, et, n'osant tirer le bonnet que ma mère avait frauduleusement introduit dans la poche de ma redingote, je risquai un rhume pour sauver mon honneur et tentai de m'endormir.

Une des particularités de mon organisation est la difficulté que j'éprouve à sommeiller dans les voitures publiques. Bien qu'à seize ans je fusse doué d'un tempérament plus heureux, je ne pus réussir à perdre la connaissance des choses et des êtres qui m'entouraient.

Cependant je rêvai.

Quels rêves charmants ne fait-on pas dans la première nuit de son premier voyage ! On a parlé de la première montre, du premier cigare, du premier chapeau ; mais tout cela s'éclipse devant le voyage, comme le voyage lui-même le cède au premier amour. Le départ, n'est-ce pas l'imprévu, l'aventure, la vie ? Que demande-t-on à seize ans, si ce n'est à vivre ? Votre mère a pleuré en vous embrassant, vous avez mêlé vos larmes avec les siennes ; mais au premier coup de fouet du cocher, au premier sifflet de la locomotive, vous vous êtes élancé, joyeux et fier, dans l'espace, ivre de plaisirs nouveaux, oublieux des affections passées. Ceux qui restent s'en souviennent, et, plus âgé, vous regretterez le foyer solitaire.

Et combien cette joie se double si l'on part seul, libre, sans guide, sans mentor ennuyeux ! On a bien un peu de frayeur en entreprenant la route ; on se demande bien tout bas comment on agirait si la maladie, ce démon moqueur, vous enlaçait loin du pays, loin surtout de cette bonne et sainte femme, aux mains douces comme un espoir, au sourire aimable comme la confiance, et qui sait guérir sans remèdes et sans tisanes, par l'effet seul de son amour. On a peur de ce lit froid, aux draps durs et rigides, aux rideaux étrangers, lit d'hôtel, plus sombre qu'une couche d'hôpital, car Dieu ne le surmonte pas ; on a peur de la chambre déserte, des murs humides, de la table sans fin où se pressent des inconnus, on a peur... que sais-je ? de tout un peu. Mais ce sont des accès de fièvre qui vous saisissent et vous abandonnent ; le mal passé, vous aspirez avec fureur l'air de l'indépendance, et ce parfum enivrant qui jaillit de ces cinq mots : — Je suis maître de moi !

Et j'allais voir l'Angleterre !... Songez donc... Traverser la mer, parcourir une contrée inconnue, visiter un peuple, dont le langage n'est pas le sien !... Que sont des excursions dans les limites françaises ? Est-ce que c'est voyager que d'aller à Tours ou à Metz ? Voyager, voyez-vous, c'est parler à des gens qui ne vous comprennent pas.

Et je me demandais ce que c'était que l'Angleterre... et je me rappelais l'expression du poète : « Un nid de cygnes au milieu de l'immense Océan. »

Alors il se passa en moi quelque chose d'étrange.

Je vous jure que ce fut la faute du poète, et non la mienne. La mienne !... Comment aurait-ce pu être la mienne ? Si jeune, si naïf, ma pensée ne s'était jamais emportée jusqu'à mesurer la distance qui sépare ces deux fragments de l'humanité qu'on appelle l'homme et la femme, distance qui se franchit sur les ailes de l'amour. Mais aussi qu'auriez-vous fait, si cette suave expression eût vibré dans votre cerveau durant tout l'espace intermédiaire de deux stations ? Auriez-vous pensé un seul instant que cette comparaison s'appliquât à des hommes comme vous et moi ? Pouvais-je me méprendre, et les cygnes ont-ils de la barbe au menton ?

Il fallait bien qu'il s'agît de femmes.

Et je me représentai, sur une couche langoureuse de roseaux entrelacés, aux têtes penchant sur les eaux, les frémissements mignons de ces oiseaux soyeux que celui-là appelle des cygnes, et dont les plumes ne cachaient qu'à demi à mes yeux des visages adorables. L'Angleterre, s'écriait mon cerveau, est le pays des belles jeunes filles ! Mon cœur ne répondait qu'en palpitant ; mais je sentais ma conscience secrètement rougir et me demander à quoi je songeais là.

A bien peu de chose, ô conscience ! et puisses-tu rester aussi sévère ! car, à vrai dire, je ne songeais qu'au pur ovale, encadré de blonds cheveux, qui pourrait aussi bien appartenir à l'ange qu'à la fille d'Adam.

Est-ce donc péché, conscience, quand on rêve à seize ans, de rêver à un ange ?

Il est un âge où la femme brune n'est pas une femme. Cet âge était le mien. Malheur à ceux qui, infidèles à cette règle, ont commencé par aimer une femme brune : ceux-là n'ont point connu les joies ineffables de l'adoration ; ils ont — et je les plains fort — entamé la vie par la fin : la sensation chez eux a précédé le sentiment.

Pour moi, je n'aimais pas encore, mais d'avance j'étais bien sûr de ne perdre mon premier regard de tendresse que dans les yeux bleus et langoureux d'une jeune blonde.

Oh ! les trésors d'enthousiasme, que je voyais enfouis dans mon âme, attendant un coup-d'œil pour resplendir ! D'où vient que pour certaines sciences il n'est qu'un élève, et point de maître ? D'où vient qu'étouffant aujourd'hui sans raison, le cœur, pour s'ouvrir à une vie qu'il ignorait hier, a guetté l'éclosion d'un sourire ? Et quand de ce sourire, diamant faux peut-être, un rayon perlé a jailli, voici que s'élance radieuse la fleur du désir, emportant dans son germe la première douleur, déjà penchée et, sans savoir, versant sa première larme.

Bonheur et souffrance si rapides dans leur passage, qu'on ne sait, après qu'ils ont été, les séparer l'un de l'autre, et qu'on regrette la souffrance, comme on regrette le bonheur !

J'apprenais, oh ! j'apprenais beaucoup dans ce wagon, où ma mère n'était pas, où, les paupières fermées, je voyais des cygnes se changer en sirènes, des sirènes se transformer en femmes. Et j'étouffais déjà dans mon cœur.

Mais soudain, comme on voit chez Séraphin mille figures noires se réunir sur la toile, et s'arrondir en un seul visage, de cette fantasmagorie compliquée sortit un ravissant idéal.

Elle avait de longs cheveux ondoyants, comme une gerbe d'épis ; un front large et correct ; des yeux de feu, dont la flamme était douce et s'élançait en caressant; des lèvres roses sur des dents blanches, et le cou de ces cygnes onduleux, qui toujours chantaient dans ma tête. Mes sourcils s'appesantissaient; mon front penchait; mais, à mesure que j'allais vers le sommeil, la belle fille venait vers moi.

Ma poitrine se rompait sous les battements de mon sang; tout à coup. . . .

—*Now, my dear*, dit la vieille femme.

Voici ce qui était arrivé :

Mouvement convulsif, manie d'idiote, frémissement nerveux, je ne sais, la respectable matrone, lentement, les yeux ouverts pour épier, s'était soulevée de son siége et faisait mine de se précipiter sournoisement vers la portière. Elle regardait ses deux voisins avec effroi et cependant se souriait à elle-même, dilatant des lèvres pâles qui laissaient voir deux dents jaunes comme le safran. Malgré toutes ces précautions, ou peut-être à cause de ses précautions, la jeune fille parut deviner son projet.

Et, chose étrange, cette jeune fille, en la regardant bien, n'était-ce pas l'idéal de mon rêve? N'étaient-ce pas les longs cheveux, et les yeux éclatants, et les lèvres roses, et l'ovale accompli, et le cou indolent ; où donc avais-je vu cette jolie main? Les doigts en sont effilés comme ceux d'un sylphe allemand. Je n'avais pas bien regardé cette jeune fille.

Ou si je l'avais trop regardée, et que ce ce fût son portrait qu'eût idéalisé mon songe...

La main s'appuya sur l'épaule de la vieille femme, et, par un geste violent, elle fit retomber l'insensée sur la banquette.

— *Now, my dear*, dit celle-ci. Puis elle se tut, et demeura calme, me regardant tranquillement avec ses grands yeux morts.

Cette vieille femme était horrible.

*
* *

Je versai un pleur sur mon premier idéal disparu.

Lorsque la main de la ravissante Anglaise s'appesantit silencieusement sur le dos de la vieille, et la fit se courber malgré elle ; lorsque, triomphante et modérée dans la victoire, elle s'enveloppa de nouveau pour dormir dans les plis de son mantelet, la nuit épaissit son ombre ; et le fantôme s'évanouit, tandis que mes yeux s'ouvraient.

Les débris de mon idéal tombèrent en rendant un bruit sourd, et je me retrouvai au milieu d'une famille britannique, dont les pieds, petits ou grands, occupaient les boules d'eau chaude.

J'étais tout à fait éveillé; et mon premier amour n'était pas venu. . . . .

II

Monsieur Kingston, Mistress Kingston et Miss Mary Kingston.

Assez fréquemment se répéta le mouvement étrange dont je venais d'être témoin. Je ne sus y attribuer une cause vraisemblable. De temps à autre, à intervalles réguliers, lorsque l'Anglais et la jeune fille paraissaient dormir, la vieille dame se levait et se dirigeait vers la portière. A peine était-elle debout que miss étendait la main, et, sous la pression, mistress retombait sur les coussins. *How! my dear*, disait-elle d'un ton mélancolique ; puis elle paraissait n'y plus songer.

Une fois cependant, une seule, l'extraordinaire voyageuse vainquit l'imprudent sommeil de sa compagne. Déjà elle était arrivée à son but, et, touchant les cordons, se préparait à faire glisser dans les rainures la glace de la porte, quand, plein d'effroi, je l'aperçus. Bravant toute timidité, à l'appréhension d'un projet inconnu, je me pris à secouer violemment le mantelet de la dormeuse. Elle se réveilla, et je lui montrai le péril. Coup de main, chute de la folle... *How! my dear...* et :

— Merci, monsieur, murmura la jeune fille.

Sa voix n'était nullement désagréable; mais en vérité, est-il bien possible d'adorer un être, si joli soit-il, qui frappe de vieilles gens sur les épaules et les fait s'asseoir sans proférer un mot? Il y a de ces situations ridicules qui gâtent les plus charmants visages.

Miss, d'ailleurs, ne songeait nullement à me séduire. Tout entière à elle-même, elle partageait ses loisirs entre la surveillance de sa voisine et un doux assoupissement. L'Anglais, lui, ronflait bruyamment.

Décidément la température de mes pieds descendait un degré toutes les minutes.

Le reste du voyage se passa pour moi dans une agitation convulsive, au bout de laquelle une heure trois quarts s'étant écoulée, j'étais parvenu à infiltrer une partie minuscule de ma chaussure gauche entre les volumineuses pantoufles de l'idiote... lorsque le sifflet retentit, et le convoi s'arrêta.

Nous étions à Dieppe.

Dieppe est une charmante ville, au lever de l'aurore; mais les commissionnaires y sont peu complaisants. J'allais prendre un omnibus, quand un homme à blouse tricolore, abusant de mon inexpérience, m'apostropha bruyamment.

— Ou va monsieur?

— A l'hôtel du Soleil-d'Or.

L'homme arracha de mes mains une valise, et, la plaçant sans façon sur son épaule :

— Suivez-moi, dit-il, je vais vous y conduire.

Puis plus bas, et d'un ton narquois :

— Suivez-moi donc; les omnibus coûtent trop cher.

Ma vanité fut froissée, et par ce ton de familiarité, et par cette défiance de mes mes ressource, que, selon moi, ne justifiait pas mon costume. Néanmoins, l'homme me précédant, nous arrivâmes à l'hôtel du Soleil-d'Or.

Pour cela, nous traversâmes la place de l'Embarcadère, nous tournâmes à gauche, et, comme j'apercevais une enseigne en forme d'étoile rayonnante obliquant à deux pouces de moi, j'allais m'arrêter, quand mon conducteur me dit :

— Pas encore.

Alors — et j'en jurerais par l'espace éternel — nous exécutâmes trois tours singuliers dans autant de ruelles extraordinaires , dont la dernière nous rejeta dans une rue tellement identique à la première, que, sur mon âme, je crus que c'était la même.

Je reconnus parfaitement le soleil, se balançant à la porte.

Il me regardait en ricanant, et ce sont de ces rires qu'on n'oublie pas.

— Monsieur, dit l'homme, c'est ici.

Je ne répondis rien; mais je rougis de sa fraude. L'enfant a honte des fautes de l'homme.

— Combien? demandai-je.

— Un franc.

Et il tendit la main.

— C'est bien extraordinaire, dis-je; il me semble être à deux pas de l'embarcadère.

Je mis un franc dans les doigts rapaces, et j'entrai dans l'hôtel, me demandant si réellement j'avais fait une économie en ne prenant pas l'omnibus.

La maîtresse d'hôtel, grosse et large femme aux joues étonnamment rubicondes, m'accueillit avec plus de franchise.

— Le capitaine Foot? dit-elle, il vient de sortir; mais si vous voulez déjeuner....

Il était vraiment téméraire de donner le nom d'hôtel à l'endroit choisi par le capitaine Foot pour son quartier général. Auberge eût suffisamment honoré le domicile du marin. La salle du rez-de-chaussée, originairement pavée de briques grossières , s'était tellement effondrée sous les pieds des voyageurs, qu'il devenait impossible de la traverser sans danger. L'abîme y succédait à l'abîme, et les intervalles des précipices étaient remplis par une série de pierres pointues, jalouses d'imiter la situation du pic de Ténériffe, dominant les mers du Sud. Malheureusement ce qui peut être grandiose au milieu de l'Océan est suspect d'incommodité dans une salle d'auberge. Pour ma part, je me heurtai à l'un des sommets les plus abrupts, et, rejeté de là par un violent élan dans la plus profonde des fondrières, j'eus besoin, pour ne pas tomber, de me retenir à deux chaises qui se renversèrent.

Je demeurai confus; deux rouliers qui buvaient près de là rirent aux éclats. Mon visage passa au vermillon, et, désireux d'intimider mes railleurs, j'allai m'asseoir en face de leurs siéges.

L'avouerai-je? ma bravade ne produisit aucun effet; mais l'hôtesse m'apporta deux œufs frais.

Grand Dieu! comme l'intérieur en était foncé. — Il y a deux sortes d'œufs, madame l'hôtesse : ceux qu'on mange et ceux que la poule couve. En vérité, il n'est guère permis d'ignorer cela.

Elle l'ignorait, ou feignit l'ignorance. Un saucisson succéda aux œufs frais. Certainement quelqu'un a déjà touché à ce saucisson.

— Avez-vous quelque dessert, madame l'hôtesse?

Le fromage de Brie est la ressource culinaire des restaurants de bas étage. Combien le fromage de Brie a nourri et ruiné de misérables, c'est ce qu'il ne m'appartient pas d'énumérer.

— Vous ne mangez pas, mon petit ami ? dit l'hôtesse.

Assurément, je ne saurais demeurer dans un hôtel dont les habitués me rient au nez, où l'on risque de tomber à chaque pas, où l'on déjeune sans manger, où, pour comble du désespoir, une matrone m'appelle son *petit ami*.

*
* *

Un homme entra.

C'était une singulière figure de fils d'Adam, et mon père avait eu bien raison de me dire que les voyages forment la jeunesse. Jamais, en demeurant à **Paris**, ce bazar de toutes les nations, je n'aurais risqué de rencontrer une telle physionomie, de heurter un être aussi fécond en instructions philosophiques. Il existe des tribus humaines dont les capitales ne recèlent aucun échantillon; tout d'ailleurs se perd dans l'immensité du bruit, et l'étranger souvent dépose son originalité à la porte d'une grande ville. Il faut examiner les mœurs dans le milieu des climats.

Voulez-vous savoir ce que cette personne qui entrait m'enseigna de philosophie? Des chapitres sans nombre. Et si ma nature s'y fût prêtée davantage, j'en serais devenu observateur.

Dans le domaine de la psychologie, j'appris d'abord que la vie humaine est un point.

Vérité qui me fut clairement démontrée par la désorganisation des vêtements de l'inconnu et le relâché de toute sa personne. Certes, ce n'est pas un homme ayant foi dans l'étendue de la vie, qui eût porté cette cravate réduite en corde, dont les deux bouts pendaient, sans regretter le nœud qui peut-être les avait joints un jour. Ce n'est pas un homme épris de son existence, qui eût resserré, au moyen d'une ceinture rouge, son gilet proéminent sous une redingote râpée, et dont le costume inférieur eût laissé tellement à désirer, que le tailleur le moins honnête se fût fait un cas de conscience de livrer à la décence tant de voie pour s'évaporer. Car sur ses bottes efflanquées tombaient les débris d'un haut-de-chausses qui, par bonheur, était couleur de chair.

Et son visage, ne me disait-il pas que, puisque nous sommes contents de la quantité de matière qui nous a été assignée, nous devons l'être aussi du temps qui nous est fixé?

Ce visage-là était content de l'un et de l'autre.

Il était d'une amplitude en long, qu'égalaient seules ses proportions en large. Les cheveux roux, qui riaient d'avance à tout ce qu'on leur disait, foisonnaient sur cette tête épaisse, ruisselant sur les oreilles, empiétant sur la nuque, couvrant le front et menaçant les yeux qu'heureusement ils respectaient encore. Ces yeux étaient aussi d'un blond roux et disparaissaient d'ailleurs entre les ombres projetées par un nez gigantesque et des joues semblables à un parterre. C'étaient surtout ces joues qui paraissaient délirantes de joie; chacune d'elles était surmontée d'une bosse semblable à un *tumulus*, et chaque fois que l'homme faisait un mouvement, ou répondait à une question, ces bosses fantastiques s'agitaient, se trémoussaient, dansaient avec une prestesse sans pareille. D'ailleurs, il y avait de tout sur ses joues: la nature avait surpassé le bonhomme Buvat, qui trouva moyen d'établir grotte et cascades sur sa fenêtre; et le visage du capitaine Foot fournissait plus d'objets variés que la terrasse du bibliothécaire.

Car ce visage appartenait au capitaine Foot, qui, tout en pénétrant dans la salle commune, laissait sourire ses joues et paraissait ravi que Dieu l'eût fait ainsi.

Quant à la logique, le capitaine Foot n'en mettait pas plus dans ses paroles que dans sa vie ; et la morale lui semblait se résumer dans cette maxime : *In vino veritas.*

— Oh! oh! dit-il en m'apercevant, un jeune homme bien mis, ce doit être là mon affaire. Jeune homme, vous nommeriez-vous par hasard Ernest?

— Je me nomme en effet ainsi.

— Le capitaine Foot vous présente ses hommages, et vous salue.

Mais voici qu'une voix murmura derrière mon oreille :

— Vous avez bien fait d'arriver le matin; car ce soir le capitaine Foot ne vous eût pas reconnu.

Je me retournai. Cette fois, c'était mon rêve.

C'était mon rêve, et vous aurez beau dire, jamais je ne le retrouverai si réel et si joli, qu'au fond de cette méchante auberge, sous ce bonnet normand chiffonné d'où s'échappe une si ravissante image.

Non, je ne vis en aucun lieu regards si doux sous un front si candide. Et qu'importe que ce soit la servante? N'est-ce pas une enfant de quinze ans?

Elle m'a parlé, et sa voix était suave... comme la vôtre, madame la duchesse. Avez-vous d'aussi jolies dents? Je suis sûr que votre gorgerette ne cache pas... Mais qu'allais-je dire? Je n'y songeais pas à seize ans.

Elle me conduisit à la chambre que je devais occuper. Tandis qu'elle gravissait les marches de l'escalier et que le capitaine Foot était demeuré en bas, causant avec l'hôtesse, je suivais silencieusement; mon attention n'était plus au capitaine : le livre seul était d'ailleurs changé, et la philosophie allait toujours son chemin.

O mon doux idéal! t'ai-je retrouvé sous cette robe de coton? Et ces formes mignonnes, dis-moi, seraient-ce les siennes?

***

La chambre est tout à fait différente de ce que j'avais imaginé. Elle est beaucoup plus laide que je ne l'avais prévu. Cette chambre est inhabitable.

— Monsieur veut-il dormir? dit la bonne.

J'essayai de parler.

— Pourquoi, balbutiai-je, pourquoi, mademoiselle...

Mademoiselle, un mot charmant, que je ne prononçais qu'en tremblant de tout mon corps, et que j'aimais à prononcer.

— Pourquoi, mademoiselle, m'avez-vous dit du capitaine Foot.....

— Qu'il ne vous reconnaîtrait plus ce soir? dit-elle en riant. C'est que tous les soirs le capitaine est gris.

— Mon Dieu, répliquai-je, est-ce que vous croyez que nous partirons le soir?

— Vous partez?

Je ne sais si je me trompai, mais il me sembla qu'il y avait un regret dans cette question.

— Mon Dieu, oui, dis-je, je... je pars.

— Vous ne restez pas plus longtemps avec nous?

— Mon Dieu, non, dis-je, je... je ne reste pas plus longtemps...Mon père... le capitaine Foot... mon oncle Antoine... et la philosophie...

Mon Dieu qu'elle était gentille avec son petit sourire malin :

— Bonsoir, monsieur.

— Bonsoir, mademoiselle.

Il est hors de doute que c'est une servante d'auberge; je vous demande un peu ce que cela prouve.

***

J'eus besoin de ma valise.

La bonne ne l'avait pas montée; et, dans une chambre d'hôtel, on a toujours besoin d'une valise. Il fallut descendre; et je pensai que je reverrais la charmante fille, et que j'en dormirais mieux. Je vous affirme qu'avant tout je descendis pour ma valise.

Et je poussai un cri sur l'escalier, car j'y rencontrai le capitaine Foot... le capitaine Foot, qui embrassait mon idéal :

— Que de philosophie déjà! Et je n'ai pas passé le détroit.

Le capitaine Foot tenait ma valise. Je remontai.

Il entra avec moi et prit un siége.

— Eh bien ! mon enfant, comment vous trouvez-vous ici?

— Très mal, répondis-je, car je lui gardais rancune de son baiser, et je pensais l'offenser grièvement en parlant sur ce ton d'une maison que, d'ailleurs, il ne dirigeait pas.

Je me méprenais; la chose parut lui être totalement indifférente.

— Vous pourrez aller ailleurs, dit-il. Si vous y tenez, je vous conduirai au *Cerf-Blanc*, bien qu'une nuit soit facile à passer.

— Une nuit.

— Nous partons demain. Cela vous contrarie ?

— Cela m'enchante, au contraire.

— Donc, vous restez ici?

— Non, si cela est possible.

— Voulez-vous venir au Cerf-Blanc?

— Je veux aller au Cerf-Blanc.

J'avais pris cet hôtel en dégoût; et ce n'était pas la matrone, et ce n'étaient pas les œufs, et ce n'étaient pas les rouliers, et ce n'était pas la chambre, ni le capitaine, ni les fondrières, ni rien qui fût dans l'intérieur, sinon la petite servante aux yeux bleus, qui se laissait embrasser par les marins, après m'avoir dit : Vous partez? du ton même de mon idéal...

Fi : la vilaine chose qu'une domestique à gage ; et comment avais-je pu confondre cela avec l'éclatante vision de mon songe?

Quand le capitaine Foot fut descendu,

je passai par de violentes angoisses. Il était bon d'annoncer mon intention de quitter l'hôtel : plus mauvais était de satisfaire ce dessein. Quelle raison allais-je donner? De quel air me regarderait l'hôtesse, quand je traverserais la cuisine pour la rejoindre au comptoir? N'étaient-ce pas là des émotions poignantes? Et ma valise, qui allait la porter? Je n'ai pas parlé de cela au capitaine Foot, me dis-je.

On frappa à ma porte.

— Qui est là?

— Monsieur veut-il que je prenne sa valise?

C'était la voix de la petite bonne. Je tressaillis. On tressaille toujours à la voix d'une femme qu'on a aimée, même quand on ne l'aime plus.

Je n'osai ouvrir.

— Je m'en charge, criai-je; je vous remercie.

Et j'eus à peine lancé ces mots sonores, ces paroles ailées, que je voulus les arrêter dans leur vol. J'entendis un pas svelte s'éloigner de la porte, et mon cœur se glaça. Sur mon âme, mon cœur se glaça. Que m'avait fait cette pauvre jeune fille? Je rêvais qu'elle partait désolée.

Mais je me représentai les joues titillantes du capitaine Foot, et mon cœur se bronza.

*
* *

Une demi-heure après, j'étais installé à l'hôtel du Cerf-Blanc, et je lisais, inscrits sur le registre où je me préparais à signer, trois noms gigantesques, écrits tout entiers en majuscules :

M. KINGSTON, MISTRESS KINGSTON,
MISS MARY KINGSTON.

Après quoi, le capitaine Foot me quitta, me donnant rendez-vous pour le soir.

Et, tout fatigué, je me couchai.

III

Le Cerf-Blanc.

Selon la vraisemblance, il y avait à peine une heure que je sommeillais, quand de grands cris se firent entendre dans l'hôtel.

Je me réveillai, et, me frottant les yeux, j'écoutai avec attention.

C'étaient des exclamations étranges, parmi lesquelles des voix de femmes semblaient dominer et qui ne paraissaient être séparées de moi que par la cloison placée derrière mon lit.

— Que d'aventures! me dis-je, ne me doutant nullement encore de la cause de cet éclat.

— *Shoking! Shoking!* criait un organe féminin qui ne m'était pas entièrement inconnu.

Et des coups violents furent frappés à ma porte.

J'eus peur, je l'avoue, j'eus peur. Le feu était-il dans l'hôtel? Etait-ce à moi qu'on en voulait?

— Qui va là? dis-je d'une voix tremblante.

Point de réponse; mais des coups horribles... des coups atroces... des coups tels, que le maître d'hôtel n'en pouvait être l'instigateur, car la porte allait se briser, si le vacarme continuait.

Je me précipitai vers la fenêtre, à peine vêtu; la fenêtre était au premier étage, et donnait sur la rue. Nul moyen de fuir.

Le tumulte cessa un instant, sur l'arrivée d'un nouvel interlocuteur. Celui-ci était le propriétaire du Cerf-Blanc, qui, indigné, venait demander une explication. Je tendis l'oreille, et, comme les voix étaient hautes, bien que confuses, j'entendis ce qui suit :

— Monsieur l'hôte, disait la femme, je suis vraiment fort indignée de votre conduite dans cet hôtel, et n'y reviendrai de ma vie.

—Comment, madame? répliquait l'hôte.

Mais il était interrompu.

Un timbre masculin s'exclamait :

— Monsieur l'hôte, vous êtes un intrigant.

— Un abominable homme, disait la femme.

— Un séducteur, criait l'autre voix.

— Un infâme, recommençait la première.

L'hôte, abasourdi, éclata en invectives, et ce fut un brouhaha épouvantable. Les trois personnes mêlaient tellement leurs reproches, qu'on n'en pouvait distinguer aucun.

Après quelques instants, le silence se fit; les deux hommes parurent s'être éloignés.

Je me demandais quel parti prendre, lorsque la voix féminine se fit entendre de nouveau derrière la cloison.

— Monsieur !...

Décidément j'avais entendu cette bouche prononcer ce mot.

— Monsieur !...

— Madame ? répondis-je.

— Monsieur, échappez-vous... ils sont allés chercher la police.

On se représente quelquefois la surprise d'un honnête passant qui reçoit, sans avis préalable, une cheminée sur le front. J'ai connu cet anéantissement des facultés mentales, et je vous assure que le souvenir m'en fait encore dresser les cheveux sur la tête.

— La police, murmurai-je...

— Echappez-vous, au nom du ciel! répétait la voix.

— Mais, pourquoi? quel crime ai-je commis?

— Je vous le pardonne, dit-elle.

Elle me le pardonnait. Il fallait que ce fût abominable.

Mon cerveau servait d'enclume au marteau de la folie. Des idées incohérentes papillonnaient autour de mes yeux. Je ne réfléchis pas plus longtemps. Je plaçai cinq francs sur la table, j'ouvris la porte de ma chambre, et, confiant ma valise à la justice des hommes, je bondis à travers l'escalier jusqu'au seuil de la grande cour.

J'y rencontrai le capitaine Foot; mais je passai devant lui avec la vélocité de la locomotive, et, franchissant l'entrée principale, je poursuivis ma course saugrenue jusqu'aux premiers travaux du port.

Là je m'arrêtai, essoufflé, épuisé, haletant.

Et je commençai me demander pourquoi j'étais venu là, et ce que j'allais devenir.

La journée n'était pas encore avancée; heureusement le rendez-vous du capitaine Foot était dans un café, et non à l'hôtel, où je n'oserais rentrer de mes jours.

Je pouvais donc, jusqu'au rendez-vous, passer le temps à visiter la ville.

Mais la police : ce mot me bourdonnait aux oreilles comme un chant de mauvais augure. J'avais beau consulter ma conscience, j'avais beau m'affirmer mon innocence et m'enthousiasmer pour ma droiture : les histoires du courrier de Lyon et de la famille Calas n'étaient pas faites pour me rassurer.

Si seulement j'avais su ce dont on m'accusait...

Et cette jeune fille qui me pardonnait!., Quel était ce crime inconnu commis envers une femme dont, à la vérité, je me souvenais vaguement d'avoir entendu la voix? Aurais-je été somnambule? Est-ce dans mon sommeil que l'offense aurait été commise? Grand Dieu! que s'était-il passé?

Cette pensée me glaça.

— Non non, me dis-je, il n'est pas possible de rester plus longtemps à Dieppe.

Et, comme il y avait une église en face de moi, j'y entrai, et, m'agenouillant dans le coin le plus sombre :

— Mon Dieu, priai-je, faites que je ne sois pas arrêté dans cette ville, faites que je puisse rejoindre mon oncle Antoine, et, si la chose est possible, que ma valise ne soit pas perdue : je vous aimerai bien.

Puis, je cherchai un vœu à accomplir lorsque ma prière serait exaucée; mais, récapitulant les plus célèbres promesses des hommes à Dieu, je les trouvai toutes si difficiles à exécuter, que je me contentai de dire pour la deuxième fois :

— Je vous aimerai bien.

Sans le savoir, j'avais la vérité en moi. Que peut offrir l'homme de plus grand que son amour?

— Il est impossible, me dis-je, que je revoie le capitaine Foot. D'ailleurs, le capitaine Foot va tout apprendre, et qui sait s'il ne m'arrêterait pas lui-même?

Je n'avais pas oublié mon or; je résolus de partir seul pour Douvres.

Je me glissai parmi les ouvriers disséminés sur la jetée, et je m'informai du nom des paquebots qui allaient en Angleterre. Un seul débarquait à Douvres; c'était celui du capitaine Foot.

Mais on me fit observer que, selon toute probabilité, le *Fulton* ferait voile pour Calais dans une heure, et que, de Calais à Douvres, on trouvait des bateaux toutes les demi-heures.

J'allai voir le capitaine du *Fulton*. Cet homme ne comprenait pas un mot de français. Il me fit expliquer par son secrétaire qu'il ne prenait pas de passagers, et me demanda si j'étais par hasard M. Kingston, ancien armateur, retiré des affaires.

Je répondis que, entrant dans ma dix-septième année, je n'avais encore pu mener à bien aucune affaire, si ce n'est peut-être ma dernière composition en thème grec ; quant à M. Kingston, je pouvais lui affirmer qu'il était dans la ville, où j'avais lu ce nom sur un registre. Je ne le connaissais pas autrement.

Sur quoi, le capitaine détourna flegmatiquement la tête et ne proféra plus une syllabe.

J'allais sortir, désireux d'éviter la rencontre de M. Kingston, qui habitait l'hôtel du Cerf-Blanc, quand un trio pénétra dans le bureau du capitaine.

C'étaient mes compagnons de voyage, les deux femmes et l'homme du chemin de fer.

Tous trois prirent place sans me saluer, sans me regarder, sans se rendre compte de mon existence... Et la vieille fixa ses yeux morts dans l'espace, d'où elle les rabattit sur mon visage, que cette fois ils ne quittèrent plus.

J'allais sortir, dis-je, quand je tressaillis de tout mon corps.

— M. Kingston, avait dit le secrétaire.

Si cet homme était M. Kingston, il devait savoir quelque chose de l'affreux événement du Cerf-Blanc; il devait être instruit de ma fuite. Par bonheur, il ne m'avait pas vu. Il ne pouuait deviner que son compagnon de route fût le héros du crime mystérieux dont j'ignorais les détails.

Tout à coup la vieille se leva et se dirigea vers moi. Mouvement de la jeune fille, qui la fit retomber sur son siége.

— *How! my dear*, dit la vieille.

Et elle se tut.

Le secrétaire prit un registre et le feuilleta jusqu'à lettre K.

J'avais à peine mis le pied sur les degrés extérieurs, que mistress Kingston se souleva de nouveau, me saisit violemment le bras, et, toujours me regardant, montra ses deux dents jaunes.

Je fus épouvanté.

— Mon Dieu, dis-je, je... Mademoiselle...

Et j'implorai le secours de miss Mary.

Celle-ci, entendant cet appel désespéré, me lança un coup d'œil stupéfait et rougit singulièrement.

Cependant elle fit rasseoir sa mère et murmura quelques mots à l'oreille de son père.

— Monsieur Kingston, dit le secrétaire, vous êtes trois?

J'espérais, pour l'honneur de M. Kingston, qu'il témoignerait en faveur de l'unité de son être; mais mon étonnement fut grand quand je l'entendis répondre :

— Non ; quatre.

Que dis-je? mon étonnement ! c'est ma terreur qu'il faut comprendre. L'horizon s'éclaircit devant mes yeux, mais d'une lueur rougeâtre et infernale. La voix de M. Kingston, c'était la voix de l'homme outragé qui insultait l'hôte derrière ma porte. Alors miss Mary serait cette femme dont l'organe ne m'était pas étranger, et qui m'avait conseillé la fuite? Horreur ! je comprenais pourquoi elle avait rougi. N'avait-elle pas dû me reconnaître à mon appel ?

Quant à M. Kingston, ma bouche ne s'était pas ouverte devant lui, et si sa fille ne lui apprenait point l'identité du criminel et du voyageur, il semblait trop anglais pour la deviner.

Mais miss Mary venait de lui parler à voix basse.

Je roulai comme une boule sur la jetée, où je me lançai intrépidement dans l'intervalle laissé entre des centaines de ballots préparés pour le départ. Malheureusement ces ballots étaient disposés en impasse, de sorte qu'au bout de mon chemin je m'aperçus que le passage était impossible.

Je me retournai, et vis devant moi mistress Kingston.

L'idiote me saisit le bras et entr'ouvrit ses lèvres pour montrer ses dents jaunes.

Par quel effet d'inexplicable rapidité cette insensée avait-elle pu parvenir jusqu'à moi ?

M. Kingston la suivait.

— Monsieur, dit-il, pourquoi me fuyez-vous ?

Je ne répondis pas un mot; je me crus perdu.

M. Kingston me prit la main; puis, d'un ton grave :

— Bien que non présentés l'un à l'autre, nous nous unirons par les liens de services réciproques. Ma fille m'a dit que vous lui en aviez rendu de très grands ; qu'il me soit permis de les reconnaître en vous offrant une place à bord du *Fulton*.

Je nageais dans un océan mystérieux dont les flots atteignaient mon front et menaçaient de me submerger. Dans quelle intrigue, imitée de Scribe, allait se perdre mon voyage? Que signifiait cette façon d'agir? Où étais-je?

Il y a une heure à peine miss Mary m'accusait d'un outrage à sa personne ; maintenant elle contait à son père que je lui avais rendu de très grands services. Lesquels? Etait-ce ma fuite précipitée? Aurait-elle profité de mon absence pour satisfaire sa curiosité et visiter ma valise? ou son amour du vol, et me piller? Suppositions improbables. La conduite de M. Kingston n'était pas moins extraordinaire. Après avoir voyagé avec moi toute une nuit, sans m'adresser la parole, il était venu frapper à la porte de ma chambre des coups tumultueux; et le voilà qui maintenant me suppliait de partir avec lui, et tranchait avec toutes les susceptibilités britanniques en m'offrant la main sans présentation réciproque.

Tout d'ailleurs était étrange dans cette famille, jusqu'à l'amitié que me témoignait mistress Kingston à sa manière, jusqu'à son apparition miraculeuse au milieu des ballots.

Que pouvais-je faire? Accepter, car miss Mary rougissante semblait me supplier du regard; mais j'avais depuis longtemps accueilli la proposition de l'Anglais, que je me demandais encore comment il avait pu pénétrer mon désir de prendre pied sur le *Fulton*.

Les sujets de ce royaume sont peu communicatifs. C'eût été nourrir un fol espoir que chercher à ravir à M. Kingston plus de paroles qu'il n'en avait dites. Deux phrases obtenues sur son mutisme, n'était-ce pas un triomphe suffisant? Mal m'en eût pris de poursuivre l'entretien, que mon interlocuteur ne paraissait pas disposé à continuer. Etais-je plus disposé que lui? A vrai dire, je ne le crois pas; et le regard de miss Mary ne suffisait pas à bannir la crainte de mon âme. Que miss Mary me regardât ou ne me regardât pas, il n'en était pas moins vrai qu'elle connaissait un secret qui pouvait me perdre, et qu'une fois sur le plancher d'un vaisseau, entre ciel et mer, un mot indiscret troublerait à mon préjudice le bon accord des deux parties? Pourquoi? C'est ce que j'ignorais. J'étais sous le coup d'une menace constante dont la cause me demeurait inconnue. Ma situation sur le navire allait être atroce. Mais les mots : Pourquoi me fuyez-vous? auraient suffi à me déterminer au départ, quand bien même mon intérêt n'eût pas été fixé d'avance. Entre cette police qui me recherchait et la colère incertaine de M. Kingston, il n'y avait pas à hésiter. J'offris le bras à miss Mary.

J'eus beaucoup de peine à offrir ce bras. Mon devoir était clairement tracé. La plus simple politesse m'y contraignait. Puis ne valait-il pas mieux offrir ce bras à la belle jeune fille qu'à la matrone insensée?

Mais, je ne sais pourquoi, la belle jeune fille, à mesure qu'une plus grande intimité semblait s'établir entre nous, la belle jeune fille m'inspirait une timidité singulière. Et ne croyez pas que ce fût ni la réserve d'un tendre sentiment, ni l'effet de la terreur. Non ; c'était qu'en vérité elle ne me plaisait pas. Peut-être aussi les préoccupations de ma pensée en absorbaient-elles tous les rêves ; et le nid de cygnes s'était plongé tout au fond de l'immense Océan.

Notre conversation fut celle des deux compagnons de Gonesse ; et nous arrivâmes au navire, remorqués par la vieille femme, qui d'ailleurs se refusa obstinément à gravir l'échelle, pour arriver au pont. Il fallut que deux robustes matelots la transportassent à bras tendus. Ce qui fut fait malgré les nombreux *How! my dear* ! jaillissant entre les deux dents jaunes.

Le *Fulton* siffla, frémit et sillonna les eaux.

C'en était fait du capitaine Foot; c'en était fait de ma valise. Qu'allait dire mon oncle Antoine ?

Depuis que l'effroi des commissaires et des gendarmes s'était emparé de mon âme, j'avais oublié mon oncle Antoine. Désormais la peur des reproches de mon oncle Antoine allait succéder à la crainte de la police. Mais cette peur, relativement douce, n'était due qu'à l'affection que je lui portais, et je me félicitais de la transformation.

*
* *

La journée s'écoula sans explications. Certes, ma position en méritait bien une; mais était-ce à moi de la demander ?

D'ailleurs, je ne pouvais la demander qu'à une personne... miss Mary.

Le mal de mer m'avait empêché d'y songer sur le vaisseau; mais la nuit que nous passâmes à Calais je ne dormis pas. Et, après bien des résolutions diverses, je décidai d'en finir avec cette situation ambiguë.

Le même hôtel avait reçu les Kingston et leur compagnon. Une chambre m'avait été désignée, et chacun s'était couché sans mot dire.

C'en était trop; je me levai à cinq heures du matin, résolu à tout plutôt qu'à supporter cette incertitude. Il est étonnant combien la solitude agrandit l'audace.

Je ne doutais pas que je ne fusse coupable; si un ou deux mois avaient dû passer sur cet événement, sans en transformer l'importance, j'aurais fini par me persuader si bien de la réalité de ma faute, que je me mettrais en colère contre quiconque la nierait, et que les résultats m'en enseigneraient peut-être toute l'horrible portée. Que de mystères dont nous sommes aussi certains que de faits avérés!

Je me levai donc dans l'intention, non de me défendre devant miss Mary, mais de l'interroger humblement. Mon acte de contrition était tout préparé; cette fois, seulement, c'était le confesseur qui devait avouer le crime du pénitent.

Le ciel me favorisa; à peine avais-je entr'ouvert ma fenêtre, que je vis miss Mary, enveloppée soigneusement et voilée de noir, qui seule traversait la cour, soulevait le loquet de la porte, et disparaissait dans la rue. La candeur n'eut pas le temps de le disputer à l'audace; je descendis rapidement, et, courant à la poursuite de l'Anglaise, je la rejoignis au premier détour.

Elle me regarda.

Mais pourquoi diable, aussitôt que miss Mary me regarde, se croit-elle le droit de rougir?

IV

Conversation avec Miss Mary. — Mon oncle Antoine.

La rougeur embellit certains visages, il en est d'autres sur lesquels elle ne produit aucun effet, quelques-uns même qu'elle enlaidit. Miss Mary, je dois cet hommage à la vérité, me parut appartenir à la seconde catégorie : certainement je ne la trouvai pas affreuse; je suis incapable de nier qu'elle ne me sembla pas charmante.

Seulement je fus embarrassé. La timidité d'une jeune fille a troublé plus d'un homme mieux cuirassé que moi contre l'inquiétude.

— Mademoiselle, dis-je, je...

Elle s'arrêta.

Il fallait cependant bien parler. Je réflé-chis que j'étais venu dans un but : et, quoique la connaissance de ce but eût déjà échappé à ma cervelle, je me félicitai d'avoir construit cette phrase, qui m'y parut un acheminement certain :

— Mademoiselle, dis-je, je vous demande pardon de vous avoir suivie; mais je ne puis vivre plus longtemps dans la situation que vous m'avez faite.

J'allais continuer; mais qui fut étonné, si ce n'est moi, de la réponse suivante :

— Oh! oh! monsieur, disait miss Mary, avec cet accent d'outre-Manche qui ne messied pas à certaines bouches, — et, ce disant, elle se voilait le visage, — oh! oh! monsieur!...

Et la voilà qui pressa le pas, et tourna l'angle de la rue.

« Oh! oh! monsieur! » ne m'apprenait rien. Dans ce « Oh! oh! monsieur! » il y avait un reproche foudroyant, comme le pardon de l'étrange fille. Ce reproche n'indiquait pas le crime.

J'enjambai deux pavés, et je recommençai.

— De grâce...

Elle se retourna majestueuse.

— Oh! monsieur, dit-elle, ceci est véritablement *shoking*.

Son regard me cloua sur la place, et elle disparut.

Ce fut tout ce que j'obtins de miss Mary.

— Ma foi, me dis-je, laissons Dieu mener la barque, car je n'y vois pas de pilote.

Rentré à l'hôtel, j'allai, plus hardiment que vous ne l'eussiez pensé. frapper à la porte de M. Kingston. Sous cette hardiesse, il y avait à la vérité beaucoup de poltronnerie: je craignais que miss Mary n'oubliât sa clémence; et, comme il y avait tout à parier que je venais de commettre une faute pire que la première, rien ne m'assurait cette fois de la discrétion de l'offensée.

— Mon Dieu, me disais-je, que la vie est donc terrible, et que le sage a raison d'avouer sept péchés tous les jours.

M. Kingston m'ouvrit. Le respectable gentleman était à sa toilette. Aussi ai-je tort de dire qu'il m'ouvrit. Son nez parut dans l'entre-bâillement de la porte; et, comme si cet organe eût concentré en lui seul la faculté de ses voisins les yeux, il se retira subitement.

La porte se referma, et pas un mot ne fut prononcé.

J'attendis.

Au bout de dix minutes, M. Kingston fut visible.

— Monsieur, lui dis-je, permettez-moi de vous faire mes adieux et de vous remercier de l'hospitalité que vous m'avez donnée à bord du *Fulton*.

M. Kingston ne répondit pas. Rien d'embarrassant comme la présence d'un homme à qui les meilleurs discours ne sauraient arracher un monsyllabe.

— Je suis obligé, répétai-je de vous quitter, et... et... (il ne m'interrompait pas) croyez que ma reconnaissance...

Je ne pouvais lui offrir de l'argent, et certainement j'étais son débiteur. Savez-vous qu'il est très difficile de payer un créancier ?

J'y arrivai, cependant.

— Monsieur, dis-je, je vous dois...

— Oh oui, fit M. Kingston, dont la voix, semblable au diable qu'un enfant laisse échapper de son jouet, se faisait entendre au moment où l'on y pensait le moins.

— Beaucoup, sans doute...

— Oh ! non.

— Si vous aviez... l'obligeance... de me dire...

Je tirai ma bourse ; M. Kingston se leva.

— Monsieur, dit-il, vous allez à Douvres? Nous partons ensemble. Mais vous avec raison : j'oubliais l'argent.

Il saisit ma bourse, prit dans son portefeuille une bank-note, et l'introduisit, pliée en quatre, dans le mince filet de soie. Puis il me mit le tout dans les mains et m'ouvrit gracieusement la porte.

— A revoir, me dit-il. Ceci est un prêt pour les services.

Certainement je ne garderai pas cette bank-note.

Je la retirai soigneusement de ma bourse, et m'en servant pour envelopper l'argent dont je me croyais débiteur, je déposai le paquet dans ma poche droite. Ce qui m'appartenait légitimement fut laissé dans la poche gauche.

Evidemment M. Kingston me traitait en enfant, et cela m'humiliait; sa fille me regardait comme un grand coupable, et je l'aimais mieux ainsi. Aussi, bien que fort troublé devant miss Mary, je résolus de lui rendre la somme que son père m'avait forcé d'accepter.

Il restait à savoir ce qu'allait faire miss Mary au retour de sa promenade.

Comme je traversais le corridor de l'hôtel, je m'aperçus que la porte de sa chambre était ouverte. Une idée me vint.

Il me serait impossible, pensai-je, de prononcer devant elle ce mot odieux d'argent. Au lieu de prononcer, je puis écrire.

Ecrire, mettre la bank-note et l'or dans la lettre, déposer sur la cheminée le montant de ma dette, tel fut le projet que je conçus; et l'exécution m'en parut d'autant meilleure, qu'elle me permettait d'expliquer dans l'épître tout ce que ma parole était impuissante à lui avouer.

Je divisai ma lettre en trois parties :

Dans la première, je priais miss Mary de remettre à son père l'argent dont je lui étais débiteur;

Dans la seconde, je la conjurais de me faire connaître la cause de son mécontentement, et le péché que j'avais commis ;

La troisième était consacrée à une recherche curieuse des services que j'avais pu rendre à elle, à son père ou à sa mère.

Et je signai.

Quand j'eus terminé, je regagnai le corridor, et m'assurai que miss Mary n'était pas rentrée.

Je franchis le seuil.

Dans la chambre régnait ce désordre sans charme que connaissent les voyageurs, et que les plus élégantes voyageuses ne peuvent éviter au lendemain de leur première nuit d'hôtel. Une malle était ouverte; et, dans cette malle...

— Grand Dieu ! dis-je, c'est ma valise.

Nul doute. Ma valise, heureusement fermée, était déposée dans la malle de miss Mary.

Que devais-je faire? La prendre? c'était mon droit. Etait-ce bien mon droit ? en vérité. Mais je ne l'avais acquis que par une injustice. Si je ne fusse entré dans cette chambre, je n'aurais pas reconnu ma valise. D'un autre côté, j'avais eu une bonne raison pour entrer dans cette chambre, et ma lettre en serait garant. Le mieux, si je pense bien, est de laisser les choses dans leur état; miss Mary, ne supposant pas que mon billet ait pu s'introduire chez elle sans mon concours actif, comprendra que j'ai découvert le vol, et en aura plus d'indulgence.

Mais pourquoi ce vol, et quel intérêt a poussé miss Mary? Les héros de mes romans n'ont jamais traversé si mystérieux dédale.

Je n'en plaçai pas moins ma lettre et l'argent sur la cheminée, et je me retirai sur la pointe des pieds.

Puis je courus à ma fenêtre pour épier le retour de miss Mary.

A peine y étais-je, que je la vis, toujours voilée, marcher lentement au milieu de la cour. Elle entra, et mon cœur se mit à palpiter.

Quel voyage extraordinaire ! Voici que les premières palpitations de mon cœur n'étaient point causées par l'amour.

Car je n'aimais pas du tout, pas du tout miss Mary.

Comme je n'habitais pas le même étage que l'Anglaise, je dus attendre l'heure du déjeuner pour apprendre le résultat de ma visite. Cette heure ne tarda pas à sonner, et le garçon vint me prier de descendre.

Les habitués de la table d'hôte étaient nombreux ; mais ni miss Mary, ni son père, ni l'insensée n'y parurent. En vain je me creusais la tête pour chercher les causes de cette absence, lorsqu'au dessert le même garçon qui m'avait amené me fit signe de le suivre.

Nous nous rendîmes silencieusement dans la cour, et là le valet me glissa ces mots sournois :

— Ils sont partis.

— Qui ?

— Vos compagnons.

— M. Kingston ?

— Mistress Kingston et miss Mary Kingston ; mais ils ont payé votre déjeuner, et laissé cela pour vous.

Alors le garçon me remit un paquet, que j'ouvris ; j'y trouvai la bank-note et l'or, plus ma lettre non décachetée ; et sur l'enveloppe étaient gravés ces mots, tracés d'une main féminine : *For ever.*

Je n'y compris absolument rien.

Mais une heure après j'étais en route pour Douvres.

*
* *

Il me faudrait un chapitre particulier pour la seule description de mon oncle Antoine.

Je ne trouvai pas l'excellent homme en débarquant ; mon oncle Antoine ne m'attendait que le soir, avec le capitaine Foot.

Et je me demandais comment j'allais lui expliquer ces quelques douze heures d'a-vance. Lui dire la vérité, il n'y croirait jamais ; lui faire un mensonge, et j'en étais capable, le capitaine Foot dénoncerait ma fourberie. Je ne pris aucune résolution, et je me fis enseigner l'auberge ou la taverne des *Deux Têtes noires*.

Sur une vaste plaque d'étain se balançait majestueusement le double visage qui avait baptisé l'hôtel. C'étaient un nègre et une négresse, le premier caractérisé par ses cheveux crépus et longs. Les deux faces étaient d'ailleurs les mêmes. Un même sourire niais ouvrait leurs lèvres épatées, tandis que sur leurs têtes un ange joufflu répandait une carafe d'eau, symbole du sacrement régénérateur.

— M. Antoine.

On me fit grimper au quatrième, et je me trouvai en présence de mon oncle.

Grand Dieu ! qu'il était changé ! Ce n'était plus cet oncle Antoine que vous avez tous connu, et dont les cheveux grisonnants se jouaient en boucles indiscrètes au travers d'une barbe floconneuse. Mon oncle Antoine n'avait plus de barbe. Vous figurez-vous ce que pouvait être devenue la barbe de mon oncle Antoine ? Ses longs cheveux blancs, oui, blancs, je dis bien, tombaient en maigres filets sur les côtés de sa tête vénérable, et c'est à peine si vers l'extrémité une légère frisure rappelait à mon souvenir les agitations disparues. Sur mon avenir, ce n'était plus que la mémoire de mon oncle Antoine

Vous souvenez-vous, si vous l'avez connu, de cette ample redingote marron, qui s'arrêtait autrefois à ses genoux, et dans laquelle, moi, enfant, je me drapais délicieusement ? Aujourd'hui même, une basque de l'immense vêtement noir qui le recouvrait de la tête aux pieds suffirait à m'envelopper tout entier. Son vaste chapeau noir à larges bords avait été remplacé par une coiffure jaune, assez semblable au feutre qui dominait la tête de M. Kingston.

Et cette ressemblance me fit juger défavorablement de l'Angleterre, sans pour cela compromettre mon oncle à mes yeux. Car ce qui restait à mon oncle, ce que les Iles-Britanniques, jointes aux colonies des Indes et du Canada, ce que tous les chapeaux jaunes de la conquérante des mers ne pouvaient arracher à mon bon oncle Antoine, c'était ce sourire à la fois fin et naïf d'où la charité chrétienne s'exhalait comme une lumière. Non, l'anglicanisme avait eu beau faire, il avait bien fallu, qu'il respectât ce sourire.

J'embrassai mon oncle sur les deux joues, et le brave homme ôta son chapeau, qu'il déposa sur un meuble; puis il essaya de me soulever dans ses bras, mais n'y pouvant réussir :

— Comme te voilà lourd, dit-il; c'est au poids que se mesurent les années. Mon enfant, je descends par où tu montes, et je crois que nous nous rencontrons — à un kilogramme près, ajouta-t-il en faisant un nouvel effort aussi inutile que le précédent. Comment ton père t'a-t-il laissé venir sans le capitaine Foot?

« Nous y voilà, pensai-je. » Et voyant qu'il ne soupçonnait aucune escapade, je l'assurai que mon impatience m'avait seule empêché d'attendre mon compagnon de voyage.

Après tout, le capitaine Foot pouvait bien ne rien savoir.

Mon oncle avait une grande déférence pour sa femme, ma tante, que je ne connaissais pas. C'était, disait-on, un ménage modèle. On appelle ainsi ceux où la femme porte le haut-de-chausses. Tant il est vrai que, lorsque les femmes gouvernent, tout va pour le mieux dans la meilleure des maisons. Mon oncle était donc rempli d'égards pour sa dominatrice, devant laquelle d'ailleurs toute volonté s'inclinait sans conteste. Ma tante était une personne de cinquante à cinquante-cinq ans, assez grasse pour qu'on la dît bien portante, assez pâle pour qu'elle pût se croire malade, pleine de dignité et imposante à tous égards. A gauche, à droite, riant, se plaignant, grondant, à table ou couchée, debout ou marchant, ma tante imposait; il n'y avait pas jusqu'à la touffe de cheveux qui lui cachait l'occiput, qu'elle ne sût arranger d'une certaine manière tout à fait respectable pour les gens que le hasard avait placés derrière elle. Un seul être au monde échappait à l'influence de cette vénérable importance; mais autant mon oncle Antoine s'inclinait devant le pouvoir dictatorial de ma tante, autant celle-ci voyait son autorité s'évanouir, quand son fils avait parlé.

C'est le destin de tous les gouvernements qui suivent une pente illogique, de rouler jusqu'aux extrêmes limites de l'absurde. Le favori règne sur le favori, l'amant infime sur la maîtresse de l'amant roi, et d'échelon en échelon, il se trouve quelquefois qu'une mendiante éhontée tient dans ses mains le sort des empires. Ma tante régnait sur mon oncle, et l'enfant régnait sur ma tante; donc, l'enfant gouvernait.

Il s'appelait Walter, et avait un an de plus que moi. Mon oncle Antoine s'était marié tard. A dix-sept ans, Walter était un beau jeune homme, plus grand que votre Ernest d'un bon pouce, et dont la légère moustache, soigneusement humectée de pure huile de Macassar, commençait à se friser sous les efforts de M. Archibald Mac Dillearn, gentleman écossais, réduit à exercer la pénible profession de barbier dans Regent-street, et fort connu de la fashion. C'est vous dire que Walter était un élégant. Il avait accompagné son père à Douvres, et, bien qu'il ne me plût pas dès que je le vis, je le trouvai parfaitement beau. On ne pouvait nier que ses traits ne fussent d'une régularité admirable; ses membres étaient à la fois délicats et robustes, sa taille élevée; quoique blond (et Dieu sait si je déteste les blonds autant que j'admire les blondes), il avait les plus jolis yeux du monde, des yeux pétillants de douceur, s'il m'est permis d'user de la seule expression qui sache en imiter l'effet. De plus, Walter paraissait posséder un goût exquis dans les choses du costume, et si vous joignez à ces dehors flatteurs la voix de miel dont parle Homère, vous comprendrez sans doute la sujétion du père et de la mère, et la soumission spéciale de cette dernière, la plus fervente admiratrice des charmes de son fils.

La beauté est incontestablement une puissance.

Quoi qu'il en soit, Walter ne me plut pas; car, bien que d'une innocence assez entière pour ne pas voir au-delà du visage des gens, je crus lire sur celui-là les indices d'une vanité égoïste et d'un tempérament vicieux. Certes, on m'eût fort embarrassé en me demandant sur quelles bases j'appuyais de semblables soupçons; mais la vérité n'a pas besoin des fondements de l'erreur, et l'instinct de l'enfant remplace la science de l'homme.

Walter se conduisit cependant avec moi de manière à me prouver qu'il ne partageait pas cette antipathie. Son accueil fut franc et cordial; il me salua du nom de cousin, et, contre l'usage anglais, nous nous embrassâmes aussitôt.

— Deux bons amis, j'espère, dit mon

oncle Antoine en nous regardant avec bonté, tandis que ma tante, par une moue approbative, témoignait de sa sympathie pour la condescendance de Walter, qui, tout supérieur qu'il fût aux autres hommes, ne s'offensait pas du nom d'ami, proféré par son père.

Mais Walter poussa encore plus loin sa gracieuseté.

— Non, dit-il, deux frères. Je déteste le mot d'amis, depuis que j'ai lu le *Timon* du vieux Shakspeare, qui appelle l'amitié *milky heart*, ce qui veut dire, mon cher cousin, qu'il la compare au lait qui s'aigrit en une nuit.

Mon oncle pâlit.

La pâleur de mon oncle recevra une explication dans le chapitre suivant.

V

Pourquoi mon oncle avait épousé ma tante.

Tous les faits ont leur cause, même les moins naturels, même les plus invraisemblables, même le mariage de mon oncle avec ma tante.

Lorsque mon oncle était Français, personne n'eût jamais pensé qu'il dût se marier un jour. C'était un de ces hommes nés pour être et rester célibataires, et desquels on dit qu'ils sont venus au monde tout seuls. Il y avait trois choses qu'on voyait constamment avec mon oncle Antoine : c'étaient sa redingote marron, son chapeau à larges bords et sa canne à bec de corbin. Il y avait une chose qui jamais ne s'était vue au bras de mon oncle Antoine : c'était une femme.

Mon oncle fut chaste jusqu'à un âge si avancé, que je n'ose le dire. L'Angleterre le perdit. Si les voyages forment la jeunesse, croyez qu'ils déforment l'âge mûr. Mon oncle, toute sa vie, avait été l'une des ouailles les plus intelligentes de M. le curé de sa paroisse. Zélé catholique, il allait à toutes les messes, donnait à toutes les quêtes, se confessait aux jours permis, faisait maigre pitance dans les jours défendus ; tout à coup son ami l'Anglais l'invita à passer le détroit.

Jusque-là il y a entre son histoire et la mienne une ressemblance qui n'ira pas plus loin.

Cet ami, que mon oncle et mon père

appelaient l'Anglais, et que je n'avais jamais entendu nommer autrement, ne m'était connu d'aucune manière. Personne dans la famille n'aimait à s'entretenir de lui, vous allez savoir pourquoi.

La possibilité d'un voyage était une question bien difficile à débattre pour l'esprit de mon oncle Antoine. Ce fut avec soin qu'il pesa le plateau où était contenu ce dessein. Le désir de revoir un ami fit pencher la balance, et mon oncle partit.

Comment mon oncle aima, c'est une histoire qu'un jour peut être je vous conterai dans tous ses ingénieux détails. Il y a d'ailleurs mille plaisantes choses à recueillir dans cette observation du premier amour d'un homme de cinquante ans ; amour qui ne passa pas fougueux au travers de la vie immobile de mon oncle, et qui ne sillonna pas d'un trait indélébile son cœur encore entier ; amour qui ne fut pas ce coursier de Mazeppa, parcourant les deux horizons, et semant la plaine de sang et de blessures ; amour, qui cependant fut l'amour.

Il aima et fut aimé ; au moins il le crut, ce qui est tout comme. Le temps lui fit voir qu'il se trompait.

Un jour, il arriva que mon oncle fut surpris aux pieds de la jeune Miss. La chasteté du bonhomme avait-elle eu à souffrir de cette entrevue ? C'est une pensée que je chasse loin de ma tête. Toujours est-il que Miss était compromise.

Or, voici où en étaient les affaires de mon oncle quand eut lieu cette belle découverte.

L'amoureux loyal avait demandé la main de la charmante personne, laquelle lui avait été catégoriquement refusée par tout un conseil de famille, unanime à n'offrir pour époux à sa pupille qu'un ministre de la vraie foi. Bien que mon oncle adorât son amie, il n'était pas homme à quitter sa religion, à se bannir de la patrie, à accepter le titre de citoyen anglais, le tout pour satisfaire les désirs, non pas même d'un frais minois, mais des tuteurs et conseillers dudit. Il resta franchement catholique.

Cependant les visites avaient continué. Pourquoi mon oncle avait-il revu ja jeune Miss ! Parce qu'il aimait véritablement. Pourquoi les autorité de la famille n'avaient-elles pas surveillé leur pupille ? Parce que les belles Anglaises aiment passionnément l'indépendance. La fin de ceci ut, je l'ai dit, qu'on surprit mon oncle Antoine aux genoux de l'objet de sa passion.

Et les méchantes langues parlèrent.

Elles dirent que ce qui était arrivé devait fatalement arriver (c'est ainsi que préludent les discours des méchantes langues); puis elles se séparèrent en deux partis :

L'un qui chargea d'imprécations le conseil de famille pour n'avoir pas su prévenir ce qui était arrivé et devait fatalement arriver;

L'autre qui abusa de l'occasion pour témoigner de la corruption publique et de celle des hommes de cinquante-six ans en particulier.

Un troisième parti se formait dans le but de blâmer uniformément et mon oncle et les parents de la jeune fille, à propos de ce qui était arrivé, et personne ne savait encore précisément ce qui avait bien pu arriver, lorsque mon oncle prit une décision qui prouva qu'il n'était rien arrivé du tout.

Mon oncle demanda la naturalisation, et se mit à étudier pour entrer dans l'Eglise.

Il avait pensé :

Primo, que ce qu'il ne pouvait pas faire en vue de son propre intérêt, il était tenu de l'exécuter pour sauver l'honneur d'une femme.

Secundo, que la grâce est donnée à tous les hommes, dans quelque temple qu'ils prient, et que la véritable patrie d'un individu civilisé, c'est le monde.

Je n'approuve pas ces réflexions de mon oncle, j'affirme qu'il les fit, voilà tout.

Donc il fut naturalisé, la main de Miss lui fut promise, et Miss attendit longtemps sans qu'aucun symptôme vînt témoigner qu'il fût arrivé quelque chose.

Hélas! trois fois hélas! Ici apparaît notre ami l'Anglais, *Deus ex machinâ* de cette déplorable histoire.

Il passait dans la rue, sans but, sans raison apparente pour traverser cette rue plutôt qu'une autre; pourquoi faut-il qu'il se soit croisé avec mon oncle à cette heure de l'après-midi? Mais j'ai dit qu'il n'y avait pas à cela de raisons apparentes ; au demeurant, qui peut savoir si les démons n'en ont pas d'inconnues? qui sait si celui-là ne prévoyait pas l'avenir?

Il est certain que sa première parole fut pour demander à mon oncle de le con-duire dans la maison de Miss; il désirait la connaître; s'amusait-on dans cette famille? Le langage du traître semblait indifférent, dicté même par l'affection. Mon oncle le présenta.

Le lendemain, il prenait le thé avec les tantes.

Huit jours après, mon oncle le rencontra qui donnait le bras à l'un des membres du conseil, se rendant à son club.

Quinze jours s'écoulèrent, au bout desquels mon oncle trouva la maison glaciale et Miss très polie;

Puis il s'aperçut que, le soir, l'Anglais conduisait cette dernière aux lectures de Dickens ;

Puis il les suivit incognito dans un pèlerinage qu'ils firent au couvent de Minster, pr. s Sheerness.

Puis, lisant un journal, il fut effrayé de voir qu'il était en colère, et n'y comprenait rien.

Et il se décida à demander une explication à Miss.

Mais, comme il frappait à la porte, une complaisante voisine lui apprit qu'il n'y avait personne, attendu que Miss et l'Anglais s'étaient mariés la veille, et étaient partis pour le continent, ce qui stupéfia mon oncle Antoine;

Mais le stupéfia à ce point, que, pour revenir à la réalité et de là à l'oubli, il épousa ma tante,

Dont il eut un fils.

Ni ma tante, ni son fils n'ayant suffi à lui entr'ouvrir une nouvelle existence, il vint en France,

Où je le connus.

Et, la France n'ayant pas eu sur son esprit tout le pouvoir désirable, il se résolut à continuer ses études, à prendre ses grades, et devint le ministre que je voyais.

Dans cette nouvelle situation, voué à perpétuité au Dieu de l'Angleterre, mon oncle au moins était-il heureux? J'en doute, mais il faisait le bien; et la charité n'est-ce pas la suprême consolatrice?

Il est vrai qu'en revanche son fils faisait le mal; pour que la compensation s'établisse, le démon ici-bas, marche toujours à côté de l'ange.

*
* *

Quelques années après l'odieuse trahison de l'Anglais, mon oncle s'était retrouvé face à face avec lui.

Voici comment le hasard amena l'événement.

Le vieillard avait été nommé pasteur à Greenwich, tout près de Londres, et habitait silencieusement son humble presbytère, lorsqu'on le manda un matin pour préparer une dame au passage de l'éternité.

Cette dame, inconnue aux environs, succombait sous une fièvre cérébrale, qui l'avait saisie à son passage à Greenwich.

Mon oncle, habitué à de pareilles missions, avait pris son chapeau, la Sainte-Bible sous son bras, et se dirigeait paisiblement vers l'auberge, quand un second commissionnaire vint lui dire qu'il se hâtât, et que la dame n'avait que peu d'instants à vivre.

Arrivé à l'endroit indiqué, mon oncle s'aperçut qu'en effet la demeure était tout en émoi. Chacun s'agitait, courait, se retournait en tous sens, sous les ordres précipités d'un grand gentleman qui, de temps à autre, s'arrêtait au milieu de la cuisine, et proférait d'étranges malédictions contre le ministre qui n'arrivait pas.

Ce gentleman était l'Anglais.

Mon oncle le reconnut parfaitement; mais il espéra que, grâce à sa vieillesse et à ses souffrances, lui-même pourrait passer inaperçu. Le vaincu garde dans son cœur l'image du victorieux, qui l'oublie.

Il n'en fut pas ainsi cette fois; car le malheur, s'étant mis de la partie, avait rabaissé l'orgueil du triomphateur. Le malheur est un dur maître, qui enseigne les noirs souvenirs.

— Antoine! s'écria le gentleman, en apercevant mon oncle.

Ce dernier allait passer, grave et muet, quand il sentit une main s'appuyer sur la sienne, et qu'il entendit une voix répéter son nom.

— Antoine, m'as-tu donc oublié?

Mon oncle ne put faire autrement que de retourner son visage vis-à-vis celui qui lui parlait, et il répondit :

— Non, pas encore.

Puis il parla froidement à l'hôte, et demanda ou se trouvait la mourante.

— La mourante, Antoine? Mais c'est elle, dit l'Anglais.

Mon oncle tressaillit de tout son corps.

— Qui, elle? répéta-t-il machinalement.

— Ma femme.

Mon oncle n'avait encore rien oublié, car il prit, sans qu'on ait jamais su dans quel but, un gobelet d'étain sur le comptoir; il le porta à ses lèvres, puis le laissa choir, blémit, et tomba tout de son long sur la table à manger.

Mon oncle s'était évanoui.

Quand il revint à lui, il comprit que Dieu lui demanderait compte un jour de ces sentiments humains, que n'avait point étouffés, comme il l'aurait dû, le service de son temple; il chercha sa force dans la grandeur de son devoir, ne vit plus qu'une fille d'Ève dans la femme aimée, et dans l'homme détesté qu'un serviteur du ciel.

Il demanda de nouveau où était la mourante.

On lui répondit qu'elle allait mieux, et avait refusé ses soins.

Il devina qu'elle avait appris son nom; mais pas un soupir ne s'échappa de ses lèvres.

Sa Bible était gisante sur le sol; il la ramassa et sortit.

Dans la cour il rencontra l'Anglais, et cette fois ce fut lui qui s'avança vers son ancien ami.

Celui-ci cependant ne lui avait ménagé aucun effort; car il était assis sur un banc de pierre, un livre ouvert sur ses genoux, et, balbutiant dans ce livre soutenue par les bras de l'homme, un ravissant baby blanc et rose, une petite fille adorable souriait et bondissait.

N'est-ce pas que mon oncle eut besoin d'une grâce plus puissante pour regarder l'enfant, que pour ne pas revoir la mère?

A son tour, il pressa la main de l'Anglais, l'invita poliment à dîner avec lui, et embrassa la petite entre les deux yeux.

Comme il se retirait, un dernier trait vint s'enfoncer dans son cœur. Dieu l'éprouvait en raison de l'énergie qu'il lui avait donnée.

Le livre qui était ouvert était un volume de Shakspeare.

Et l'enfant, ayant longtemps regardé ce monsieur noir qui l'embrassait, avait posé son doigt sur une page, et plongeant dans les yeux de son père avec ces regards de chérubin, si purs qu'ils percent l'âme comme une pointe de diamant, si radieux qu'ils semblent un reflet du ciel, d'où la vie vient de s'échapper, l'enfant s'écria :

— Père, est il vrai que *milky heart* cela veuille dire : un bon ami?

La flèche frappa de deux côtés; l'Anglais ferma le livre, et emmena sa fille dans l'auberge.

Quant à mon oncle, toutes les fois qu'il revit dans un rêve la pâle figure de son ancien camarade, il lui sembla qu'un enfant lui gravait sur le front ces sombres mots : *Milky heart*.

Cœur semblable au lait, qu'une nuit suffit à aigrir.

Depuis ce temps, mon oncle n'avait revu ni l'Anglais ni sa famille.

Walter connaissait-il cet événement? avait-il à dessein rappelé la parole du poète? Son ignorance, au contraire, avait-elle été seule cause de l'émotion du ministre? Je n'ai jamais sur ce point connu l'exacte vérité.

Tout autre se fût dit qu'une méchanceté si noire n'aurait pu sans raison jaillir de cette fine bouche.

Pour moi, j'appris à estimer Walter, et je le vis doué de tant et de si belles connaissances, que je ne puis croire en vérité qu'il ait ignoré quoi que ce soit au monde.

*
* *

Cette pâleur n'eut d'ailleurs qu'une courte durée, et des joues de mon oncle passa sur les miennes, lorsque j'entendis le brave homme proposer une promenade au port, et témoigner de l'intention d'aller recevoir le capitaine Foot.

— Tu lui dois bien quelques excuses, me dit-il, ne fût-ce que pour les inquiétudes que tu lui as causées durant sa traversée.

A en juger d'après son premier aspect, le capitaine Foot n'était pas de ces hommes qui se troublent hors mesure de quelque sujet que ce soit; mais je ne pouvais refuser la proposition de mon oncle.

Une question plus embarrassante fut aussitôt traitée. Pour sortir, il fallait changer de vêtements.

— Est-tu donc venu sans porte-manteau, dit mon oncle?

Roulant sur la pente du mensonge, je répondis que le capitaine Foot s'était chargé de ma valise. Il n'était pas difficile de prévoir le plus éclatant désaveu; mais j'étais dans la situation d'un cheval emporté; je marchais au-devant du couteau.

Et puis il y a de ces occasions suprêmes où l'on en est réduit à se nourrir d'espérances insensées ; et, rêvant quelque miracle, je ne fusse pas demeuré trop longtemps stupéfait, si la nouvelle fût arrivée que le capitaine Foot avait sombré corps et biens.

Je ne sais pas si le ciel me devait cette compensation à tous les soucis qu'il m'envoyait; le fait est qu'il ne me l'accorda pas.

Au moins aucune nouvelle semblable n'était advenue, lorsque, tous les quatre marchant près du débarcadère, mon oncle et ma tante prirent les devants, et Walter demeura à mes côtés, à quelques pas derrière son père.

Je ne m'attendais à aucune confidence de la part de Walter, quand il me prit le bras, et me dit à l'oreille :

— Vous vous ennuyez ici, n'est-ce pas?

— Moi? répondis-je étonné, pas du tout, mon cousin.

— Allons donc, reprit-il d'un ton impatienté, à quoi bon mentir? Je vois bien que vous vous ennuyez; est-ce que je ne m'ennuie pas? Voulez-vous venir avec moi ?

— Où.

— Où je vous conduirai. Je vous garde le plaisir de la surprise.

— Mais nous ne pouvons nous échapper ainsi sans prévenir mon oncle de notre départ.

— Je ne préviens jamais, dit Walter brièvement.

— Vous le pouvez peut-être, répliquai-je; mais moi...

— Puisque je vous emmène, ils ne diront rien.

Il y avait un tel air d'assurance dans l'accent dont furent prononcés ces derniers mots, je nourrissais une si effroyable peur du rubicond et titillant capitaine Foot, je souffrais si réellement en aspirant cette brise de mer, la même qui amenait à moi mon supplice, que vous me pardonnerez d'avoir consenti.

— Au moins, dis-je, nous ne demeurerons pas longtemps?

— Comme vous voudrez.

— Nous rentrerons de bonne heure?

Walter fit une moue dédaigneuse.

— Est-ce que je rentre? dit-il.

Et, sans me laisser ajouter un mot, il m'entraîna dans une rue latérale.

VI

Les Compagnons de la Marjolaine.

Bientôt nous arrivâmes à l'une des portes de la ville, et mon étonnement fut grand quand Walter, me faisant entrer dans une vaste cour, dit quelques mots à un cocher qui flânait, son fouet à la main, et grimpa prestement sur l'impériale d'un épais véhicule, flatteusement intitulé : diligence de Douvres à Canterbury.

Les diligences anglaises ont ceci de supérieur à celles de France, qu'elles ont trouvé le moyen de contenir beaucoup plus de gens, tout en renfermant un plus étroit espace. Jugez de l'aise que j'éprouvai lorsque, moi huitième, je fus placé aux côtés de mon nouvel ami Walter.

— De grâce, dis-je, où allons-nous?

— Impatient! fit-il.

Et la conversation s'arrêta là. Sous la menace incessante d'une suffocation complète, nous dûmes employer tous nos efforts à la conservation de notre existence. Au bout d'une heure, j'avais aspiré une bouffée d'air pur, quand la voiture s'arrêta.

Nous touchions au premier relais.

Walter descendit; je descendis après lui.

Et la voiture repartit au grand trot, nous laissant sur une route déserte.

Ce ne fut pas sans un certain mélange de terreur et d'ennui que je me vis seul avec Walter sur la lisière d'un grand bois noir, dont les feuilles les plus éloignées laissaient à peine scintiller quelques rayons de lumière.

Lumière blafarde, comme les feux follets des cimetières.

Walter, sans paraître s'apercevoir de mon émotion, saisit mon bras et me fit gravir un talus.

Nous nous trouvâmes dans la forêt.

Et ma peur redoubla si bien que, pour n'être pas forcé d'en faire l'aveu, ou de la laisser deviner au tremblement de ma voix, je ne proférai pas une parole.

Le sentier que nous suivions paraissait nous conduire aux lumières.

Nous avions déjà parcouru quelque chemin, quand je poussai une exclamation d'effroi.

Il y avait de quoi, sur ma parole.

Un homme venait de sortir du fourré, et s'était dressé devant mes yeux.

Quoi de plus épouvantable, dans certaines situations, que la rencontre d'un être humain !

Mais Walter partit d'un éclat de rire, et je vis avec stupéfaction l'inconnu lui serrer la main, et lui parler à voix basse.

Comme je les suivais en silence, les souvenirs les plus incohérents des histoires de fantômes et de bandits, que j'avais lues dans mon enfance, revinrent battre des ailes autour de mes deux tempes; une sueur froide perla sur mes membres, et des cornes me parurent pousser sur les têtes de Walter et de son compagnon.

Et je me vis égorgé, noyé dans une mare de sang.

J'eus un féroce désir de m'échapper. Mais je réfléchis que je serais seul dans la forêt, que je m'y perdrais peut-être; et je restai. N'est-il pas vrai que, dans une nuit épaisse, la compagnie de deux fripons vaut mieux que la solitude?

Nous arrivâmes à une maison isolée, chaumière vaste comme une ferme, et presque entourée d'un marais, qui en faisait une sorte de château-fort. Il fallait franchir un pont pour arriver à la porte.

Cette demeure était habitée ; beaucoup de flambeaux y circulaient.

— Ne vous effrayez pas, me dit Walter, et je m'attendis à un spectacle inouï.

Mes jambes flageolaient sur le pont, lorsque la porte ouverte nous donna passage à tous les trois. Nous enfilâmes un corridor sombre, et bientôt l'inconnu m'introduisit poliment dans une pièce splendide.

Au moins la trouvai-je ainsi, relativement à l'idée que je m'étais faite du repaire de voleurs où j'allais pénétrer.

Pour un repaire, ce salon était très confortable. Lustres allumés, tables de marbre chargées de flacons, divans élastiquement rembourrés, au fond rideau de théâtre tombant sur une estrade, tout faisait de cette salle une sorte de café-lecture, ou de café-concert, si les Français l'aiment mieux.

— Ceci est tout simplement mon club, me dit Walter en entrant, le club des *Compagnons de la Marjolaine.*

Je respirai assez bruyamment pour que toute la compagnie présente s'aperçût de notre introduction.

Il y avait là une vingtaine de jeunes gens de dix-huit à vingt-cinq ans, tous élégants comme Walter, et occupés à boire et à chanter.

— Nous avons, me dit mon cousin, maison de ville et maison de campagne : maison de ville à Londres, maison de campagne ici. Nous nous réunissons cette nuit parce que nous devons traiter une importante question.

J'allais pousser l'indiscrétion jusqu'à demander laquelle ; mais Walter me présentait.

A l'accueil que me firent les compagnons, je vis que mon cousin était en bonne odeur auprès d'eux. Chacun vida un verre d'ale à ma santé.

Je dus payer ma bienvenue par un toast à leurs seigneuries. Comme je buvais de l'ale pour la première fois, on me pardonnera d'avoir laissé mon verre aux trois quarts plein.

Je dois avouer que leurs seigneuries se trouvaient dans un état de santé très florissant, bien que, par une bizarrerie tout à fait inconcevable, quelques-uns d'entre eux chancelassent, en marchant d'une table à l'autre.

Il est vrai que l'ale n'était pas le seul rafraîchissement admis dans l'intérieur du club. Quelques vins de France, beaucoup de liqueurs fortes se succédaient sans relâche dans les mains des buveurs, et s'écoulaient précipitamment dans leurs gosiers.

C'était ainsi que se préparaient les clubistes de la Marjolaine aux importantes affaires qu'ils avaient à traiter.

Il s'agissait d'un trait d'absolutisme commis par le gouverneur général du Canada, sir Edmund Head, à l'égard de MM. Brown et Dorion. Ce trait d'absolutisme consistait en ce que sir Edmund Head avait mis à la porte du ministère MM. Brown et Dorion, croyant tout simplement que lui, qui avait fait ces messieurs ministres, avait peut-être quelque droit de les défaire, prétention que ne pouvaient souffrir les compagnons de la Marjolaine, non plus que tous les clubistes radicaux de la bonne cité de Londres.

Quand on eut brisé quelques pots, et que trois ou quatre des compagnons eurent roulé dans des positions variées, on reprit un calme stoïque, et l'on parla du Canada.

Le rideau du fond fut levé, et les orateurs parurent.

— Gentlemen, dit le plus sobre, quelque fractionnée que soit l'opinion publique sur le choix des hommes et des mesures propres à faire cesser les scandales politiques qui débordent de toutes parts...

Il s'arrêta pour éternuer, et un buveur, tout en portant son verre à ses lèvres, croyant que l'orateur parlait du liquide, qui, en effet, ruisselait du verre chancelant, s'écria :

— Il a raison, il déborde.

Le tribun reprit :

— Qui débordent de toutes parts, plus nombreux et plus excessifs que jamais, depuis les dernières élections générales.

Il s'était échauffé ; son ton baissa :

— Il ne doit y avoir qu'une seule voix et un sentiment unanime pour reconnaître que la plupart des membres du présent ministère en sont les premiers et les principaux acteurs.

C'était dire, en termes clairs, que le premier ministre d'Angletere seul était cause de la destitution de MM. Brown et Dorion, honnêtes habitants de Montréal, ville située à quelque mille lieues de la chambre à coucher du pair.

Les pays où s'agite la vie politique ont cela de bon que le public y attribue toujours à son gouvernement le million de faits répréhensibles que chaque jour compte dans l'univers. Et n'est-ce pas indubitablement au ministère qu'il faut reporter la source de ces gouttes de pluie noirâtres qui obscurcissent mes vitres et mon papier ? Le ministère aura fait tirer le canon quelque part.

Cependant l'orateur continuait :

— Une corruption illimitée dans ses moyens, des parjures innombrables, des fraudes inouïes dans les annales de toute autre époque et de tout autre pays, avaient souillé ces élections. Des demandes nombreuses en annulations d'élections où le nombre des votes enregistrés osait égaler celui que pouvaient légalement donner les localités, où les livres de *poll* avaient été confiés aux officiers rapporteurs, et où une écriture étrangère avait inséré, comme ceux de voleurs qualifiés, les noms de gens dévoués aux intérêts des tories, des noms copiés dans des almanachs, enfin, des noms de bêtes brutes avaient été présentés...

Toute l'assemblée témoigna, par une

bruyante approbation, que ces griefs étaient épouvantables.

Alors il y eut un long entretien sur la nécessité d'une réforme électorale : je sus plus tard qu'en Angleterre, quelque éloigné que fût son sujet de la réforme électorale, c'était toujours là-dessus que pérorait l'orateur qui désirait être écouté; je sus aussi que nos voisins appellent entretien le monologue d'un gentleman au milieu d'un cercle d'auditeurs.

Je m'endormis sincèrement avant que l'entretien fût de nouveau tombé sur la situation du Canada; mais je me réveillai encore à temps pour entendre un second monsieur tonner avec violence contre la tolérance accordée aux frères de la doctrine papiste, qui se permettaient de remplir le but de leur institution en élevant gratuitement les petits enfants de Québec; forfait qui remplit d'indignation les cœurs bien pensants des compagnons de la Marjolaine. L'instruction doit, en effet, être le privilège du riche, et c'est une denrée qui ne saurait se payer trop cher, tant elle est rare au temps où nous vivons.

— Comment se fait-il, demandai-je curieusement à Walter, que tout cela vous intéresse?

— Cela, quoi?

— Le Canada et les frères papistes.

— Mais cela ne m'intéresse pas du tout, dit Walter.

— Il me semble cependant que vous m'aviez amené pour m'amuser.

— Et vous vous ennuyez?

— Oh! beaucoup plus qu'avec mon oncle.

— Je vous ai déjà dit que vous étiez trop impatient. En Angleterre, voyez-vous, il faut savoir s'ennuyer longtemps pour s'amuser un court instant. Il n'y a pas de réunion de jeunes gens, il n'y a pas même ici d'assemblée féminine qui ne commence par être politique : nous aimons à jouir, à user de nos droits; nous avons le droit de tout dire en politique, nous constatons notre pouvoir, mais au demeurant cela nous est fort égal à tous.

— Vous m'étonnez. Il me semble que ces messieurs ont mis un feu dans leurs discours...

— Quand un Anglais parle, mon cher ami, il met toujours du feu à ce qu'il dit; il lui est si pénible d'ouvrir la bouche, qu'une fois ouverte il fait tous ses efforts pour qu'elle ne se referme jamais.

— Donc vous avez, en vous assemblant, un autre but qu'un changement de ministère?

— Sans doute, et tout le monde comme nous. Je sais que les Français s'étonnent de nous entendre tant crier, sans que jamais il nous prenne fantaisie de faire une révolution. L'explication est cependant bien simple : les Français seront aussi heureux que nous, le jour où ils crieront en pensant à autre chose.

— Ils y arriveront, dit notre compagnon du sentier.

— Croyez-vous, reprit Walter, que ce nom aimable de «Marjolaine» ait été donné par nous à une société purement politique? Fi! Est-ce le visage de sir Robert Peel, à qui nous aurions trouvé quelque ressemblance avec cette fleur? Savez-vous ce que c'est que la marjolaine?

— Oui, dis-je, enchanté de montrer un peu de la science fraîchement sortie de la pension; c'est une petite plante, qu'on cueille dans les prés, élégante, à feuilles glabres, à fleurs rosées, réunies en épis ternés, et d'une odeur agréable.

— Savez-vous ce que signifie un brin de marjolaine?

— Non.

— Le langage des fleurs lui fait dire : *toujours heureux*.

— N'y a-t-il pas aussi une chanson sur les compagnons de la Marjolaine?

— Qu'est-ce qui passe ici si tard? murmura l'inconnu.

— Ce qui passe aussi tard, dit Walter sans me répondre, c'est notre marjolaine. Regardez, Ernest, la fleur dont nous sommes compagnons.

*
* *

Cette fois, c'était bien toi, svelte et blanche apparition, idéal tant rêvé.

Oui, c'était bien toi, car mon cœur bat encore au souvenir de ton image.

Etais-tu belle !

Parmi les femmes qui entrèrent, la dernière elle apparut, fraîche comme un matin de printemps, qui succède aux jours d'hiver.

— Voyez-vous, disait Walter en me la montrant, on l'a cueillie dans les prés · c'est une paysanne de Wakefield, devenue actrice à Londres; n'est-elle pas élégante?

Regardez ses soyeux cheveux noirs ; n'ont-ils pas la teinte bleuâtre des ailes du corbeau, des feuilles de la marjolaine ? Ce visage n'en jaillit-il pas comme le bouton de la fleur rosée ? Et ses blanches épaules découvertes, jointes à ce charmant visage, ne simulent-elles pas les épis ternés ? Voyez encore sa taille élancée comme une tige ; la marjolaine ne porte que des robes vertes ; autour d'elle se répand un enivrant parfum ; enfin, songez si ce nom fut mieux donné ; ne vous paraît-il pas qu'elle dit à qui elle aime : *toujours heureux ?*

Le ton dont Walter prononça ces derniers mots me frappa. Je le regardai ; il avait pâli. Walter aimerait-il cette femme ?

Pour moi, il était inutile qu'il me conseillât de la contempler ; je buvais des yeux ses attraits, l'ivresse de mon cœur remontait jusqu'au cerveau, qu'elle inondait de ses vapeurs. Comme on efface une silhouette tracée au charbon sur le mur, ainsi l'aspect de la marjolaine avait fait passer l'oubli, non-seulement sur les traits, un instant caressés, de miss Mary et de la servante de Dieppe, mais aussi et en même temps sur toutes les créations anticipées de mon imagination d'enfant. Bruno, mais brune adorable, elle n'avait eu qu'à se montrer pour que tous mes anges blonds s'engloutissent dans l'espace ; et voilà que mon premier amour, en dépit de toutes mes prévisions, restait pris au piége, tendu par cette chevelure noire.

A quoi bon venir en Angleterre pour s'y heurter aux passions du Midi ?

Etait-ce bien mon premier amour ? Le lecteur qui m'a vu tant de fois pâlir et trembler sous un regard, en douterait peut-être, si je ne confirmais cet aveu d'un seul mot : je souffrais.

Et c'était bien pour la première fois que, loin de me remplir de joie, la fascination me faisait peur.

Quand elle passa devant moi, je me sentis l'envie de pleurer.

— Bonjour, Walter, dit-elle.

— Bonjour, Marjolaine, répondit ce dernier.

Et il pressa la main de la jeune femme sur ses lèvres.

Je m'aperçus que je haïssais Walter.

— Mon cousin, Marjolaine..., un Français, dit-il en me présentant.

— J'aime beaucoup les Français, dit-elle en souriant, et Walter sait que j'adore les enfants.

Nous rougîmes tous les deux, tandis qu'elle donnait un léger soufflet à mon cousin et marchait vers d'autres groupes.

Walter, les sourcils froncés, garda longtemps un profond silence. Puis il finit par se lever et par me dire :

— Rentrons-nous ?

— Je suis à vos ordres, répondis-je ; mais il me semble...,

— Vous voyez bien, dit-il, que Marjolaine ne nous parlera plus.

Il prit son chapeau, et sortit précipitamment, sans doute, pour n'en pas dire davantage.

Comme je le suivais, le nuage qui obscurcissait mon cerveau se déchira et retomba sur mon esprit en vapeurs confuses. Je ne sais si ce fut un rêve ou une réalité, mais je me souviens d'avoir vu la Marjolaine gravir les degrés du théâtre, s'y entourer d'une illumination féerique, et, comme du fond d'un feu de Bengale, me regarder en souriant. Elle me regardait, et je marchais avec peine ; ses yeux entraient dans mes yeux et dévoraient mon cœur, quand soudain son sourire prit une forme matérielle, et vint à moi vêtu d'un mot : enfant.

— Enfant, répéta une grosse voix près de mon oreille.

Le capitaine Foot était devant moi.

J'étais devant le capitaine Foot ; la nuit était noire, mon oncle et ma tante m'entouraient, et dans le port illuminé les flots formaient une masse sonore.

VII

Covent-Garden.

Je fus très étonné de la conduite du capitaine Foot, qui, après m'avoir serré la main et m'avoir embrassé sur les deux joues, me demanda pardon d'avoir oublié ma valise. D'ailleurs, pas un mot de mes exploits à Dieppe. Mon oncle me souriait de façon à me faire comprendre qu'il n'avait rien appris ; et précisément parce que le capitaine Foot avait aidé son ami à tomber dans le piége, il devait nécessairement être au fait de l'aventure. Le capitaine, certainement, en savait plus que moi sur ce point : mais pourquoi cachait-il la vérité ? Et combien devait être sombre cette dernière pour que ce marin n'osât la dévoiler. Cette réflexion me remplit d'épouvante. Cependant l'air du capitaine Foot était joyeux ; rien ne me laissait présager une tempête.

Je résolus de poursuivre le système qui m'avait jusque-là réussi, le silence et l'attente. Un moment viendrait sans doute où je serais seul avec le capitaine, et, si la hardiesse ne me manquait, j'essaierais de l'interroger.

Tout en donnant le bras à ma tante pour le retour, je me permis donc de songer à la charmante comédienne, et je pus le faire avec d'autant plus de sûreté, que Walter n'était pas là. Je ne sais ce qu'il était devenu durant mon rêve.

A la vérité, ma tante daigna troubler le cours de mes pensées par quelques interrogations auxquelles je fis mes efforts pour ne pas répondre d'une manière trop bizarre. Il s'agissait naturellement de son fils. Elle me demanda où il m'avait emmené.

Ce diable de Walter ne m'avait dit ni de nier ni d'avouer. Pourquoi n'aurais-je pas dit le fait ? Je mentis.

Je le répète, c'est une pente glissante que celle du mensonge ; de la première faute on roule à l'habitude, qui vous précipite d'un seul coup dans une sorte de fatalité, boue étrange d'où l'on ne peut arracher ses pas.

Je dis que nous étions allés au café ; on me demanda le nom du café. Comme je n'en connaissais aucun à Douvres, je fus forcé de répondre que je l'ignorais ; on trouva la chose étonnante et l'on se tut.

Je me remis à songer à la Marjolaine.

*
* *

— Une chose me tracasse, dis-je à Walter, quand je le revis le lendemain matin ; j'essaie en vain de m'expliquer le passage de cette actrice et de ces femmes au milieu de votre assemblée.

Walter sourit d'un air de pitié.

— Les compagnons de la Marjolaine sont, dit-il, les admirateurs frénétiques du talent et de la beauté de cette dernière. Vous avez des patronnes, vous autres catholiques ; nous avons une reine. Vous me demanderez peut-être ce que cette dignité lui rapporte, et comment elle nous la paie. Elle a pouvoir sur chacun de nous, et sa vanité est satisfaite, voilà pour elle ; nous lui faisons des succès, elle nous rend un sourire. Dites maintenant que les Anglais ne sont pas de grands poètes.

— Je n'ai jamais dit cela, répondis-je ; ce qui m'étonne davantage, c'est de les trouver de si grands paresseux.

— Voulez-vous venir ce soir au théâtre de Covent-Garden, reprit Walter après un moment de silence.

— Certes, dis-je ; mais nous sommes à Douvres, et Covent-Garden est à Londres.

— Nous serons à Londres ce soir ; nous partons à midi.

*
* *

Dans le wagon qui nous conduisit de Douvres à Greenwich, où nous accompagnait le capitaine Foot, j'admirai la liberté laissée aux enfants dans certaines familles anglaises, et malgré moi je comparai l'indulgence du digne ministre avec la juste sévérité de mon père.

Malgré mon âge, j'eus assez de bon sens pour ne pas donner toute préférence à la première. J'entrevoyais sans m'en rendre compte les inconvénients qui devaient résulter pour Walter de ces sorties sans motifs, de ces parties de plaisir cachées à mon oncle Antoine : ne devions-nous pas ce soir même aller à Covent-Garden, sans que personne s'occupât de nous ?

A la vérité, la maison de mon oncle Antoine n'était pas le spécimen des demeures britanniques, où d'ordinaire le principe d'autorité paternelle reçoit de brutales consécrations, ignorées des peuples du Midi.

C'était un charmant presbytère qu'habitait mon oncle Antoine à Greenwich. L'histoire en est curieuse. Ce cottage (c'est le nom qu'on donnait jadis à la villa située au fond de la vallée et couronnée des fleurs de trois jardins montueux), ce cottage avait appartenu du temps d'Elisabeth à un lieutenant aux gardes de la reine, appelé sir Warthon. Ce lieutenant étant à la bataille de Tilbury, le bruit courut à la cour que milord Leicester rendait des visites clandestines à la femme du gentilhomme, et ce qui donnait à la faute de cette dernière un caractère plus odieux, c'est que, pauvre orpheline du Devonshire, elle avait été épousée par un homme qui lui avait apporté rang, fortune et amour.

Aussi prétendit-on plus tard que l'ambitieux Wharton avait lui-même été complice du crime, et l'accusa-t-on d'avoir livré sa femme pour gagner les bonnes grâces de son chef.

Une variante sur cette aventure renferme un plus curieux mystère: quelques-uns crurent que lady Wharton était fille d'Elisabeth et de milord Leicester, et que les visites de ce dernier avaient eu pour cause l'affection paternelle. C'était douer le favori de la reine d'une vertu inconnue. Quoi qu'il en soit, ce souvenir demeura attaché à cette maison, qu'il revêt d'une teinte poétique. Mon brave oncle Antoine demeurait dans la chambre même de milady Wharton ; et peut-être l'austère tapisserie qui recouvrait les lambris de l'alcôve avait-elle été témoin des soupirs amoureux de Leicester.

Etrange tapisserie d'ailleurs, et dont l'antiquité ne trouvait nul incrédule. En France, où tout change chaque année, on n'a plus cette foi de l'Angleterre à l'identité des meubles historiques; en perdant l'amour des choses anciennes, on en a perdu jusqu'au souvenir. Les Anglais honorant encore les aïeux, et se montrant fiers de posséder les objets qui leur ont appartenu, ne savent pas sourire devant la bergère de la grand'mère, et n'abattent point leurs châteaux féodaux pour construire une maison de briques. Tout industriels qu'ils soient, ils ont le bon sens d'élever cette dernière à côté, non sur la place du vieux castel.

Bien que Français, mon oncle, ayant trouvé cette tapisserie dans la maison, n'avait pas eu l'idée de l'enlever pour la remplacer par un papier à fleurs. Mon oncle était un original. Il avait laissé cloué à la muraille et déchiqueté en plusieurs endroits ce charmant spécimen de l'art du moyen âge, dont, sans en comprendre la beauté, j'admirai la bizarrerie. C'était un fouillis de personnages dont je m'évertuai ce jour-là même à chercher l'occupation : le sujet du tableau échappait à ma faible science historique. Par bonheur mon oncle me l'apprit.

J'avais affaire à une galerie des femmes célèbres de l'Angleterre. L'artiste avait-il voulu faire une flatterie à Elisabeth? Cette tapisserie avait-elle précédé le seizième siècle? C'est m'en demander plus que je n'en demandai moi-même à mon oncle. Ce dernier m'indiqua seulement les scènes principales de cette histoire universelle.

Derrière l'oreiller était la duchesse de Glocester pleurant la mort de son mari. Le malheureux duc, étendu sur un escalier, et vêtu de rouge et de bleu, présentait sa poitrine à un poignard long de deux coudées, qu'un gentleman violet enfonçait à deux mains dans la blessure. Les couleurs étaient d'une richesse sans pareille, et l'expression naïve de ces figures, jetées là sans souci de la perspective et des ombres, faisait impression, non sur l'esprit, mais, ce qui vaut mieux, sur le cœur.

Isabelle de France, fille du roi Philippe-le-Bel et femme du roi Edouard II, tenait une épée à la main, et du plafond élevé semblait en diriger la pointe sur la tête paisible de mon oncle Antoine. En regardant bien, on s'apercevait cependant que l'intention de la reine n'avait rien d'inquiétant pour mon oncle; elle piétinait sur le dos de l'infortuné Edouard, et, soutenue par une armée entière, se préparait à venger les affronts de son exil.

Plus loin, la même était surprise par son fils dans la chambre de Mortimer, et emprisonnée dans un donjon.

Au pied du lit, c'étaient : Constance, sœur de Jean, femme d'Arthur ; puis lady Percy, lady Mortimer, la reine Marguerite d'Anjou et cent autres moins connues. Le vénérable possesseur de toutes ces merveilles refusa obstinément d'écarter les rideaux pour offrir à mes regards le fond de l'alcôve, qu'ils dérobaient. J'eus depuis le soupçon bizarre que lady Wharton, moins pudique que mon oncle Antoine, avait ajouté sur ce mur, aux femmes célèbres, les femmes galantes.

Cette chambre était au premier étage, et sous le balcon coulait la Tamise. Je m'étais penché sur la balustrade, et, malgré moi, tout en regardant ces flots se succédant sans relâche, je songeais à l'effet que devait produire ou la gondole richement pavoisée de la reine, lorsqu'elle passait chargée de musiciens et de flatteurs, aux acclamations de la multitude, ou la barque sombre de Leicester, lorsque enveloppé d'un long manteau, il venait le soir chercher l'échelle de soie suspendue à la maison solitaire. Je fus tiré de cette rêverie par la main de Walter, qui se posa sur mon épaule

— Maintenant que vous avez visité la chambre de mon père, voulez-vous voir la vôtre? me dit-il.

Il me conduisit dans une salle assez grande, où j'eus le déplaisir de remarquer deux lits préparés. Mon logis devait être celui de Walter.

Ce dernier alla immédiatement ouvrir une porte opposée à celle qui nous avait donné passage.

— La seule commodité de cette pièce, la voici, dit-il. Nous pouvons par là sortir quand il nous plaît. L'escalier conduit dans la cour, et j'ai une clef de la maison.

O mon père! si vous aviez mieux connu la famille de mon oncle, m'auriez-vous laissé partir pour l'Angleterre?

La journée se passa jusqu'au dîner sans incidents nouveaux. Après le repas, Walter consentit à dire à sa mère que nous allions à Covent-Garden, et sa mère lui conseilla de ne pas rentrer trop tard.

Puis nous partîmes.

Je fis donc mon entrée à Londres au milieu d'une nuit noire. Or, si la nuit est le plus beau moment de la vie parisienne, elle présente en échange la plus laide face de Londres. Nous traversâmes des quartiers où je fus tenté de fermer les yeux pour ne pas voir, et de me cacher derrière les bornes, pour n'être pas égorgé. Enfin nous arrivâmes au théâtre.

Il était brillamment illuminé.

— On voit, dit Walter, que la Marjolaine joue ce soir.

— Quel est donc le vrai nom de cette femme? demandai-je.

— Lequel? son nom de théâtre, ou son nom de famille?

— Celui de sa famille, naturellement; je connais le surnom de Marjolaine.

— Marjolaine n'est pas le sobriquet de la scène. L'affiche la nomme miss Melvil; son père s'appelait Dickson. C'est, je crois, la seule fille de ce pays qui soit brune et qui ait du talent.

— Sans doute, dis-je en tremblant, c'est à l'étrangeté de son teint qu'elle doit son succès parmi vous?

Walter me regarda d'un air terrible. Nous prenions nos billets; il ne me répondit pas.

Il y avait spectacle extraordinaire à Covent-Garden. Miss Melvil et les principaux acteurs de Drury-Lane s'étaient joints à la troupe d'opéra pour cette soirée exceptionnelle. On donnait un drame tiré de Walter Scott, et portant pour titre : *Guy Mannering*.

Le peu d'anglais que j'avais appris au collége ne me permettait pas de suivre exactement chaque péripétie de la pièce. Jusqu'à l'entrée de l'actrice principale, je ne puis dire que je fus intéressé; Walter, assis près de moi, gardait un profond silence. Soudain la Marjolaine entra, et nos deux têtes se levèrent à la fois.

Jouait-elle bien ? jouait-elle mal ? méritait-elle, usurpait-elle sa réputation ? Aujourd'hui que le temps a passé sur ces souvenirs, et fait germer le bon sens où fleurissait l'imagination voluptueuse, il m'est difficile de prendre une décision. Aveuglé ou clairvoyant, je fus deux heures en extase.

Un mouvement de Walter me rappela à la raison, au moment où le rideau allait tomber sur la dernière scène du dénouement. Où Walter avait-il acheté le bouquet qu'il tenait dans sa main ? Je l'ignore et ne m'étais aperçu de rien. Seulement je le vis alors qui glissait dans les fleurs un papier imperceptible, nouait soigneusement le fil enlacé autour du billet; puis il jeta le tout sur la rampe, au milieu des applaudissements.

La Marjolaine se pencha, prit les fleurs, fit un salut dans un sourire, et la brillante apparition s'évanouit sous la toile.

Je regardai Walter; il ne paraissait point joyeux.

— Venez, dit-il.

Et, passant son bras sous le mien, il m'entraîna sur la place.

— Avez-vous bien regardé miss Melvil ? me demanda-t-il quand nous eûmes fait quelques pas.

Je commençais à exprimer mon enthousiasme : Walter m'interrompit.

— Croyez-vous que ses yeux se soient portés quelquefois de notre côté?

Je le croyais, sans en être bien sûr cependant, et j'examinai l'impression que ma réponse produisait sur Walter.

Ce dernier frappait du pied et s'efforçait d'enfoncer entre deux pavés un caillou qui se trouvait là par hasard.

C'était le signe d'une violente impatience.

—Vous vous trompez, répondit-il ; la Marjolaine ne regardait qu'aux avant-scènes ; j'en suis parfaitement sûr.

Pourquoi, s'il en était sûr, m'avait-il interrogé ? Le soupçon qui m'avait mordu au cœur s'y installait comme une certitude. Walter et moi, nous avions le même amour.

Et ce fut comme un brouillard humide de pleurs qui retomba sur mon âme. Je me sentis perdu. Walter n'était-il pas plus beau que moi ? Walter ne connaissait-il pas déjà la Marjolaine ?

Et puis, je ne me le dissimulais pas, Walter était bien plus habile que moi. Walter savait tant de choses, et j'étais si timide. Ce n'est pas moi qui aurais eu l'audace d'écrire à Marjolaine ; la pensée de sa beauté me troublait à ce point, qu'en sa présence je le comprenais, je ne pourrais proférer un mot. Aussi, tout au contraire de Walter, j'étais bien décidé, bien décidé à ne pas chercher à la revoir.

—Nous souperons avec elle à la sortie du spectacle, dit alors Walter, qui arrêta là le cours de mes pensées.

Souper avec elle, moi ! Je me troublai.

— Comment pouvez-vous ? dis-je.

—Oh ! murmura-t-il avec un sourire amer, j'en suis sûr. Elle ne manquera pas au rendez-vous que je viens de lui donner. Voulez-vous en savoir la raison ? C'est que j'ai écrit mon invitation sur un billet semblable à celui-ci.

En disant ces mots, il ouvrait un portefeuille et me montrait.... Dieu puissant!... cinquante livres sterling sur la Banque d'Angleterre.

Où Walter a-t-il pris cet argent-là ?

Je ne pouvais encore me figurer que tout autre qu'Aladin, M. de Rothschild ou la reine d'Angleterre, pût contempler sans pâlir un billet signé de cette caisse.

Et cinquante livres sterling!... Et Walter disait avoir envoyé une pareille somme à Marjolaine. Oh! oui, ce Walter était bien plus habile que moi.

Je ne l'interrogeai pas ; j'étais abasourdi. Une pensée m'était venue, qui me faisait redouter d'en trop apprendre : où la pauvre fille est curieuse, l'adolescent est craintif. Que signifiait cet envoi d'argent ? Pourquoi Walter se persuadait-il aussi aisément qu'elle viendrait ?

Oh! non, cela n'est pas possible : il n'existe pas de femme ainsi faites, que l'appât de l'or remplace pour elles les aveux de l'amour. Mais, s'il n'en existe pas, pour que Walter ait pensé le contraire, il faut que Walter soit bien misérable.

Il me prit comme une sorte de dégoût, et je m'éloignai de ce dernier.

Il ne parut pas s'apercevoir de ce mouvement, et n'en devina pas la cause.

—Allons la prendre à la sortie, dit-il ; j'ai là une une voiture.

Nous fîmes le tour du théâtre, et, sans savoir pourquoi, instinctivement, loyalement, pour que mon idéal ne s'envolât pas encore, je priai Dieu qu'elle ne vînt pas.

Mais le Dieu de la France n'eut pas le temps de parler au Dieu de l'Angleterre, et celui-ci ne m'exauça pas.

VIII

L'Idéal.

— Mon enfant, dit Marjolaine à Walter, lorsque nous pénétrâmes dans le cabinet richement préparé où se prélassait une table toute servie, il ne faut pas vous étonner de voir ici cinq couverts. Je me suis permis d'inviter deux de mes amis.

Walter frémit de tout son corps :

— Toujours la même, murmura-t-il.

Mais l'actrice ne parut pas avoir entendu, et, pour moi, je ne tardai point à être ravi de cette circonstance, qui d'abord me semblait fâcheuse. Je m'aperçus rapidement que, grâce à la passion de mon cousin et à ma propre timidité, le silence le plus fastidieux aurait pesé sur le souper, sans l'intervention des deux personnages annoncés. Marjolaine nous les présenta tout en riant ; ils n'étaient autres qu'un comédien et un homme de lettres de petite réputation.

Deux pauvres hères, qui peut-être n'avaient pas dîné, et que la comédienne allait nourrir à nos dépens. Ce fut du moins ce qu'alors je pensai : j'étais loin de croire que la charité de cette femme pût s'exercer à ses propres frais.

C'est ainsi que l'âme des jeunes gens est faite, j'entends des rares jeunes gens dont la pensée n'a pas vieilli avant l'âge. La profondeur de leur mépris n'a pas d'autres bornes que l'élan de leur enthousiasme ; et, de même qu'ils dépassent dans leur admiration les limites du bon sens, ils ne savent pas dans leur dénigrement s'arrêter aux barrières qu'imposent à l'homme fait la pitié et la connaissance des cœurs. Nous savons que rien n'est complet ici-bas, ni le mal, ni le bien; que tel dont le vice est éclatant peut nourrir une sourde vertu ; qu'au-dessous des pieuses pratiques il y a parfois les honteux souvenirs, qu'au-dessus de tout enfin plane l'infinie miséricorde. Nous savons tout cela ; mais le jeune homme, en qui la science n'a pas étouffé l'instinct, ne demandant qu'à sa conscience les secrets de l'humanité, est impuissant à comprendre ce mélange des œuvres de ténèbres et des œuvres de lumière; le démon ne lui paraît pas devoir s'allier à l'ange : il ne connaît pas les atermoiements humains. Il entre dans la vie, voyant le bien à sa droite et le mal à sa gauche ; il lui semble qu'il doit choisir entre ces deux amis qui ne s'unissent jamais.

Donc, s'il rencontre une noble action, il admire sincèrement l'homme qui l'a faite ; mais le jour où derrière cette action le crime a montré son profil, il se recule, plein d'un dégoût immense.

Ainsi m'arrivait-il avec Marjolaine.

La beauté, pour moi, était le symbole de la candeur... Marjolaine était si belle que je ne l'avais pas aimée, mais adorée.

Et maintenant je ne l'aimais plus du tout. Non, ce n'était pas là mon idéal, cette femme qui pour cinquante livres sterling acceptait le souper d'un enfant.

Combien ne devais-je pas être innocent, moi qu'offensait une chose si simple.

Je me dis qu'il n'y avait rien de commun entre cette femme et moi, et je résolus de ne plus l'aimer.

Je ne présume pas que Marjolaine pensât à moi, ni qu'elle connût une seule de ces pensées. Ce qu'il y a de certain, c'est qu'entre elle et moi elle ne voyait rien de commun non plus. Elle ne m'adressa pas la parole.

Et j'en fus très content, je vous affirme que j'en fus content. D'abord, je ne l'aimais plus ; puis, si elle m'avait parlé, j'eusse été très embarrassé pour lui répondre.

Cependant, me direz-vous, puisque je ne l'aimais plus. Certainement, mais j'avais néanmoins grand peur qu'elle me parlât. Comment faites-vous, vous qui m'interrogez, pour regarder en face deux grands yeux noirs aux caresses de velours ?

Comme elle ne me dit rien, je n'eus pas besoin de la regarder en face. Comme d'ailleurs elle parlait beaucoup, je pus, sans être surpris, m'apercevoir que sa beauté lui était restée tout entière après le départ de mon amour.

Je me demandai pourquoi Dieu donnait tant de grâce aux démons.

Et ce fut la première question injurieuse que ma jeunesse adressa au ciel. La vie commençait pour moi.

C'est qu'en vérité la honte ne montait pas à son visage ; la rose couleur qui couvrait ses joues ne venait point de sa pudeur offensée, mais du vin de France qui remplissait son verre ; sa voix n'avait plus les humbles accents de la fiancée de Bertram, mais fredonnait la bachique mélodie d'une courtisane échevelée ; le sourire angélique avait fui sa lèvre, mais les éclats de rire de la bruyante gaieté l'illuminaient de mille vibrations étincelantes.

Et moi... sur ma parole, je commençai à m'égayer aussi, mais silencieusement. Le respect de la femme et la crainte du ridicule l'emportaient encore sur l'ivresse qui s'épanchait dans la salle. Walter était plus avancé que moi.

A la vérité, ce n'était pas sa faute, et je n'oserais l'en blâmer. Blessé, comme il est naturel, et dans sa fierté d'amphitryon et dans son orgueil natif, par les fréquentes allusions des deux invités et de Marjolaine elle-même aux faibles qualités de buveur, supposables dans un âge aussi tendre, Walter affirma qu'il tiendrait tête à qui voudrait l'honorer d'un toast. Verres et toasts se succédèrent ; on but au Canada, à Marjolaine, à l'univers ; on but tant et si bien qu'on épuisa la liste des vins commandés, et que l'actrice eut une idée.

Cette idée lui vint, et elle l'exprima mélancoliquement. Rien ne rend poète comme le xérès.

— Je me souviens, dit-elle, qu'étant pauvre encore, j'étais venue à Londres pour gagner mon pain. Mon père m'avait chassée. J'errais dans des rues sombres, quand je rencontrai une vieille femme qui, me voyant fatiguée, m'emmena à la taverne. La première liqueur que je bus ici fut ce *gin* infernal qui tue le peuple et qui me sauva.

— Marjolaine n'est pas du peuple, dit Walter.

— J'ai gardé au *gin* un bon souvenir. Je propose que nous buvions du *gin*.

Ce n'était pas la première fois que j'entendais prononcer ce mot, qui résonne en France comme l'écho des gémissements d'outre-mer; mais c'était pour la première fois qu'apparaissait devant moi cette pâle source d'hébêtement, où toute une nation puise l'oubli et la mort. Je trempai mes lèvres dans le verre qu'on m'offrit, et je le déposai sur la table sans pouvoir l'achever.

Cette liqueur m'inspirait une terreur instinctive; et, s'il faut tout dire, la première goutte m'avait brûlé le gosier. J'avais rougi; la sueur avait gagné mon visage, et mes yeux avaient montré quelque velléité de sortir de leur légitime habitation. Ces résultats n'échappèrent pas à Marjolaine, qui épiait sur nous l'effet de sa proposition.

— Eh bien! dit-elle, vous ne buvez pas?

J'avouai que je ne buvais pas; je fus assez lâche pour ne pas dire que j'avais bu.

L'homme de lettres fit mieux: il usa des serments les plus solennels pour nous persuader qu'il buvait, ce dont à première vue quelque sceptique aurait pu douter, rien qu'en considérant le regard piteux qu'il fixait sur son verre encore plein.

Pour Walter, il n'avait pas attendu la question; déjà sa part de *gin* embrasait ses entrailles.

— Encore un verre, Walter, dit la charmante tentatrice.

Ils étendirent leurs mains, et chacun d'eux eut en une seconde fait disparaître la liqueur. L'absorption eut des effets divers : la Marjolaine, ayant bu, demeura radieuse et souriante; Walter se leva, fredonna le premier couplet d'une vieille chanson, roula des yeux égarés, chancela et s'endormit sur la table.

Il ne tomba pas, mais il s'endormit; et je maintiens que l'événement fut heureux, car s'il était demeuré éveillé, il aurait pu, ou bien être malade, ou bien proférer mille sottises. Puis, l'incident permit à Marjolaine de donner suite à son projet.

Il y avait longtemps que je déchiffrais un projet sur les traits de Marjolaine; comme elle ne me regardait pas, je n'étais point assez naïf pour ne pas lire l'inquiétude tracée à larges lettres sur son visage.

Cette inquiétude n'allait pas jusqu'à la douleur; de temps à autre elle frôlait l'ennui.

L'homme de lettres et le comédien se souriaient bêtement : peut-être avaient-ils quelques confidences à se faire. Certes, j'aurais tout présumé avant de croire que Marjolaine pût agir comme il suit :

Elle poussa un soupir de satisfaction dès que Walter eut perdu connaissance des choses qui l'entouraient; puis elle me fit un signe, et se dirigea vers la porte voisine.

Ce signe signifiait : Suivez-moi!

Suivre Marjolaine : mais je la détestais. Je me levai cependant et la suivis.

Nous pénétrâmes dans un cabinet où tous les meubles consistaient en deux chaises. Ayant posé une bougie sur le sol, Marjolaine prit l'une de ces deux chaises et m'indiqua l'autre du doigt.

Puis elle me dit :

— Asseyez-vous; j'ai à vous parler.

Marjolaine avait à me parler, et durant le festin, je le répète, son regard n'était pas tombé sur moi. Que pouvait avoir à me dire l'actrice de Drury-Lane?

Dans une position semblable à la mienne, assis dans un cabinet dont tous les meubles consistaient en deux chaises, une bougie à votre droite, une ravissante beauté devant vos yeux, je suis sûr que, cherchant un mot à dire, vous auriez imité mon respectueux silence.

La flamme de la bougie, ou l'éclair des yeux noirs, je ne sais lequel, m'éblouissait.

Un mouvement plein de grâce fut celui de Marjolaine, lorsqu'elle ramena doucement les plis de sa robe, qui flottait près du flambeau. Il y eut un frôlement mélodieux comme le dernier soupir de l'archet sur un stradivarius; je me sentis froid au cœur, et je dus subitement pâlir.

Marjolaine vit-elle ce changement? Elle parlait déjà.

— L'état d'ivresse dans lequel est votre parent à cette heure me permet d'accomplir un dessein que j'ai conçu. J'ai moi-même amené ce moment. Voulez-vous m'aider?

J'hésitai. Etait-il convenable de promettre son concours à un projet inconnu? Elle ne pouvait être digne de louanges, l'intention d'une femme qui venait d'enivrer mon cousin. Il est vrai que celui-ci s'y était facilement prêté. Cette réflexion rassura ma conscience et je jurai.

Je jurai une fidélité si gauche et si embarrassée, que vraiment je n'aurais osé m'y fier moi-même. Le dernier gentilhomme de campagne eût paru moins ridicule au roi.

— Répondez-moi d'abord avec loyauté, dit Marjolaine. Où croyez-vous que votre cousin ait pris l'argent qu'il a dépensé ce soir?

Si Marjolaine avait espéré tirer de moi quelque renseignement, l'histoire de mes aventures lui eût certainement prouvé qu'elle se trompait. Jamais être jouissant du libre arbitre n'a ignoré plus complétement les choses de son existence; comment aurais-je pu répondre sur les faits de la vie d'un autre?

— Je ne sais, dis-je...

Heureusement, elle m'interrompit.

— Je le devine, dit-elle, Walter l'a volé.

Volé! Comme elle prononçait ce mot avec indifférence. En revanche, je le criai avec indignation.

— Walter a dû voler son père, continua-t-elle.

Lorsque j'eus pensé que Walter était un grand coupable, je pensai qu'elle était bien infâme, la femme pour qui avait volé Walter.

Alors elle secoua de nouveau les plis de sa robe, et la lumière vacilla. Je vis une chaussure dorée sur une soie transparente, et l'image du pied mignon s'entrelaça si bien avec la pensée de l'infamie que je ne sus bientôt — jugez de l'état de mon cerveau — s'il fallait trouver le pied monstrueux ou l'infamie agréable.

Marjolaine, quand je levai les yeux, roulait quelque chose dans sa main.

— Non, disait-elle, comme en parlant à elle-même, je ne puis supporter cela. Chez un enfant de son âge cette passion est horrible. L'encourager serait un crime.

Puis, me regardant (inutile de dire qu'alors l'un de nous ne regarda plus l'autre) :

— Vous êtes plus jeune que Walter, dit-elle, mais vous ne m'aimez pas. Par conséquent, vous serez plus raisonnable ; vos conseils ne serviraient à rien : je ne vous dis pas de les lui donner. Ce qu'il faut au moins, c'est mettre son père à l'abri de pareilles folies. Je ne connais pas le père de Walter ; ce doit être un excellent homme.

Ce dernier mot semblait une interrogation; Marjolaine prévint ma réponse.

— Je n'en doute pas, reprit-elle, comme craignant de m'avoir offensé. N'est-ce pas la loi? Aux méchants pères, des enfants reconnaissants; aux bons.....

Elle n'acheva pas, et, me présentant sa main ouverte :

— Tenez, vous remettrez cela à votre oncle. Dites-lui que le voleur qui lui a pris cent livres les lui renvoie; n'accusez pas Walter. L'ignorance est la moitié du bonheur.

Elle se levait.

Mais, dis-je...

— Prenez ; le voleur, c'est presque moi. N'ai-je pas reçu et dépensé cet or ?

Nos mains se rencontrèrent; la moite chaleur de sa chair envahit tout mon corps. Oh ! la généreuse action qui accomplissait le dessein de Marjolaine !

Je voulus lui dire... je cherchai autour de moi quelque compliment, quelque mot, quelque aveu... Je ne trouvai que la lumière de la bougie, et j'entendis les pas de Marjolaine, qui se dirigeaient vers la porte.

Exécrable flambeau ! c'est toi seul qui me séparais d'elle et m'empêchais de marcher à sa rencontre.

Je ne sais pas ce qui arriva; je ne veux pas que vous me l'appreniez. Il me semble seulement que le parfum de sa présence remplissait la place vide, et, comme l'oiseau disparaît dans le nuage, je me précipitai sans doute dans le parfum.

Pourquoi des pleurs roulaient-ils dans mes yeux, quand Marjolaine me releva : Pourquoi dit-elle : « Lui aussi! » Pourquoi me baisa-t-elle au front ?

Quoi donc! avais-je parlé? avais-je avoué?.... Mais vous savez bien que je ne l'aimais pas. Le flambeau seul m'avait fait tomber à genoux. Exécrable flambeau !

Marjolaine, pour revenir à moi, avait laissé la porte ouverte. Une figure parut sur le seuil.

Walter nous regardait; que pensait-il? Il était fort pâle; l'ivresse d'où il sortait avait causé cette pâleur.

Milky heart! me cria-t-il, tu feras mes adieux à mon père.

Il disparut aussitôt, et nous l'entendîmes qui descendait rapidement.

Pour la première fois se rencontrèrent les regards de Marjolaine et les miens.

— Où va-t-il? demandai-je.

— Où vont tous ceux qui m'aiment et

que je n'aime pas, à leur ruine. Croyez-moi, ajouta la comédienne, ne cherchez plus à me revoir.

C'était me dire qu'elle ne m'aimait pas.

—Vous êtes un enfant, et vous m'oublierez, dit-elle. Walter est presque un homme; c'est à lui qu'il faut songer. Hâtez-vous: si vous le rencontrez, dites-lui simplement ce qui s'est passé entre nous. Mieux vaut maintenant qu'il sache la vérité. C'est au plus jeune à enseigner la raison à son aîné.

Et, comme je demeurais triste:

— Consolez-vous, acheva-t-elle. Fleur, la marjolaine est un baume; femme, c'est un poison. Dans la vie, il ne faut pas toucher à tout ce qu'on voit. Adieu! Vous me remercierez.

Elle sortit, laissant dans ce cabinet la suave émanation qui m'avait rendu fou; et je restai, les deux billets en main, regardant je ne sais où, pensant instinctivement que, tant que je serais là, j'aimerais cette femme, et n'osant plus faire un pas.

Il fallut cependant quitter la place, et je m'y résolus. Je marchais lentement; loin de songer à Walter, je m'arrêtais convulsivement dans le désir de remonter près de Marjolaine. L'air de la nuit me fit du bien; il rafraîchit ma tête, et mes idées se rassérénèrent. Je compris qu'il serait inutile de chercher mon cousin à travers les rues de Londres, et je dirigeai ma course vers Greenwich.

Je me rendis pédestrement à la maison de mon oncle; là j'appris que Valter n'était pas rentré, et que le capitaine Foot n'était pas parti.

Je jugeai que ce dernier pouvait m'aider à remplir la mission difficile dont m'avait chargé Marjolaine, et je résolus de tout lui conter sans attendre le matin.

Je me souviens que, sur le palier même, un dernier regret vola de mon âme au baiser de l'actrice, et je me demandai ce qu'était son amour, s'il n'était pas ce baiser.

IX

Milky heart.

— Entrez! dit le capitaine Foot.

La nuit était noire encore; à peine un rayon d'aurore essayait-il de percer l'humidité des vitres. Je n'aperçus qu'une forme confuse sous les rideaux du capitaine Foot: quelque chose de rouge sous une enveloppe blanche, qui me parut être un bonnet.

— Qui diable me réveille ainsi? dit la chose rouge, qui se dressa sur son séant.

—C'est moi, répondis-je, moi, capitaine Foot, qui viens vous parler d'affaires très graves.

La forme se radoucit; un long membre gris, qui me sembla un bras, souleva l'oreiller, et tout ce que je voyais s'évanouit. Le capitaine avait repris la position du sommeil.

Comme il ne parlait pas, je craignis que la situation ne l'entraînât à se rendormir, et je m'approchai.

— Que me voulez-vous, mon enfant? dit la voix du capitaine, qui sans doute m'avait suivi des yeux.

Je répondis en m'asseyant:

— Mon Dieu, capitaine, je veux vous consulter sur une aventure dont le résultat m'embarrasse.

— Ha! ha! grommela-t-il en toussant, je sais ce que c'est.

Le capitaine savait ce que c'était? Impossible, Walter n'était pas rentré.

Le vieux marin se retourna sans doute vers la ruelle, car j'entendis les paroles suivantes, comme si elles fussent sorties du gosier d'un ventriloque:

— Wha! wha!... nous parlerons de cela... plus tard... demain matin... Laissez-moi dormir, mon enfant... Miss Mary n'est plus là...

Miss Mary! Ce mot fut un éclair. Le brave homme croyait que je venais lui demander compte de la scène de Dieppe. Pourquoi pas? La nuit on est cent fois plus brave ou mille fois plus poltron que le jour: pourquoi pas?

J'avais le pressentiment qu'il devait y avoir dans cette affaire un peu de la faute du capitaine. D'abord il ne me grondait pas; puis il n'osait s'expliquer.

— Si vous voulez un mot, continua-t-il, le voici: c'était moi qui les avais faits.

Fait... quoi?... J'eus assez de présence d'esprit pour comprendre que le silence était mon espoir. Dire haut: Qu'avez-vous fait? c'était me targuer d'une ignorance trop précieuse aux yeux du capitaine pour qu'il tentât de la dissiper; j'attendis.

Rien ne venait néanmoins, et bientôt un ronflement sonore m'affirma que le capitaine Foot n'avait pas pris notre entretien au sérieux.

Cette manifestation me rappela l'objet pour lequel j'étais venu, et l'importance de la mission dont m'avait chargé Marjolaine. J'hésitais cependant à réveiller le capitaine, et je me demandais si l'actrice avait bien deviné, si ces billets appartenaient réellement à mon oncle, quand celui-ci parut à la porte de l'appartement.

Il tenait un bougeoir à la main, et éclaira la chambre. Je remarquai que mon oncle Antoine était fort pâle.

— Il a découvert le vol, pensai-je.

Et je me levai.

Mon oncle s'avançait lentement. Sans doute il ne me vit pas en entrant. Les gens qui portent la lumière n'aperçoivent pas les gens qui sont dans l'ombre. Il posa le flambeau sur la cheminée et se laissa tomber dans un fauteuil, en poussant un profond gémissement.

Cette scène nocturne rappelait en quelques points les contes d'Anne Radcliffe. Comme, d'ailleurs, j'étais dans le pays de l'illustre romancier, et que le courage n'était pas encore ma vertu dominante, je ne sus trop quelle contenance tenir. Bien que les monologues soient de mise en pareille occasion, mon oncle, qui s'était anglicisé, eût préféré être pendu, plutôt que prononcer une parole inutile. Il se contenta donc, comme je l'ai dit, de pencher tristement la tête, de soupirer, et se tut.

Je vous assure que pour moi, qui seul étais éveillé entre ce corps et cette âme qui dormaient, l'un dans l'oubli, l'autre dans la douleur, il n'y avait qu'un parti à prendre, et que vous eussiez avec moi cherché à quitter la place.

Mon oncle tressaillit et leva le front, en entendant le bruit de mes pas. Il me reconnut.

— Ernest! toi ici?

J'aurais pu lui répondre avec la même stupéfaction; mais mon âge devait au sien une plus respectueuse parole.

— J'étais venu, dis-je, pour voir le capitaine, et pour lui demander... (je me troublai)... ma valise.

Mon oncle savait bien que le capitaine Foot n'avait pas ma valise.

Il vint à moi.

— Et mon fils? dit-il d'une voix tremblante, tout en me saisissant le bras.

— Je...

Le capitaine Foot fit un mouvement.

— Pas ici, dit mon oncle; non, pas ici.

Il reprit son flambeau et m'éclaira dans l'escalier. Bientôt il m'eut conduit dans la chambre à l'antique tapisserie, que j'ai décrite plus haut. Le jour était presque venu, et sa clarté fauve, mêlée à la terne lueur du bougeoir, donnait un teint maladif à la duchesse de Glocester et à son époux infortuné.

Tant que ma vie durera, cette tapisserie servira de cadre à la conversation gravée dans ma mémoire.

Mon oncle prit un siége. Précisément, j'étais placé en face de la duchesse de Glocester.

— Veux-tu que je te le dise? commença mon oncle Antoine, je prévois un malheur. Walter n'est pas rentré. Ce matin, je me suis levé de bonne heure pour visiter un malade; en revenant, j'ai rencontré un homme, et, toutes les fois que cet homme s'est trouvé sur ma route, un événement me menaçait. Je ne suis pas superstitieux, je ne crois pas à l'influence de la mauvaise vue; mais j'ai trop de confiance au ciel pour ne pas être persuadé que la société des méchants souffle où elle s'établit une atmosphère corrompue. Celui qui a profané l'amitié sainte ne peut être coudoyé sans péril; ce ne sont pas ses yeux qui tuent, c'est son âme. J'ai rencontré l'homme, qui n'osa répondre à son enfant et ne sut dire ce que signifiaient ces mots : *milky heart.*

Mon oncle se souvenait encore; je me souvins aussi que ce nom m'avait été donné par Walter, peut-être au moment même où son père se trouvait sur le passage de son ancien rival. Je compris tout entière la pensée de Walter, qui m'avait assimilé au traître ami de mon oncle; aussi j'eus le vague pressentiment que mon cousin désespéré, convaincu désormais et de mon bonheur et de la fatalité suspendue sur sa famille, en deviendrait plus mauvais et plus irréligieux.

Comment remettre les billets à son père? Il était dans ma destinée d'être constamment contraint à rendre de l'argent à autrui, sans que je pusse m'accoutumer à la façon de s'y prendre.

— Après cette rencontre, continua mon oncle, je suis revenu extrêmement triste. J'étais fâché contre moi, qui n'ai pas pardonné. En bas, on m'a dit que tu étais de retour, seul, sans Walter. Je me suis troublé. Je ne sais quelle prévision sinistre éclairait mon cerveau ; je me suis vu dans un de ces instants où l'on a besoin d'appuyer sa pensée sur la pensée d'un ami ; à défaut d'ami, j'ai voulu parler à Foot, un vieux camarade. Je te le demande de nouveau, que faisais-tu dans cette chambre ?

— J'ai laissé Walter au théâtre, dis-je ; je pense qu'il va revenir.

— Que faisais-tu dans cette chambre ?

— Le capitaine Foot dormait ; j'allais le quitter, après lui avoir souhaité le bonsoir.

— Que faisais-tu dans cette chambre ?

Il me regardait avec de grands yeux bleus si expressifs, que je devins écarlate.

— J'étais chargé pour vous, dis-je, d'une commission...

— De Walter ?

— Non... d'une femme.

J'avais répondu précipitamment, embarrassé que j'étais par l'effet d'un quadruple regard. C'étaient les deux yeux de mon oncle ; c'étaient les deux yeux de la duchesse de Glocester.

Je vous assure qu'en face de la duchesse de Glocester il n'y a aucune ressource pour le mensonge. Elle semblait lire à travers mes paupières, même lorsque, baissées, elles me cachaient la tapisserie.

— Une femme.. Walter, répéta mon oncle ; je crains de comprendre : vous avez vu une femme hier ?

— Cette nuit, dis-je, quelqu'un m'a remis...

Et je tirai à moitié les billets de ma poche. Soudain je réfléchis qu'il vaudrait beaucoup mieux déposer la somme dans le secrétaire de mon oncle, sans lui parler de rien ; puisqu'il ignorait la faute de son fils, je n'avais plus qu'à songer au moyen d'ouvrir sa caisse, et je résolus de consacrer mes soins à cette nouvelle expédition. Je comptais sans la curiosité, sans l'intérêt que mes paroles avaient éveillés.

Je repoussai néanmoins les billets dans ma poche.

Mon oncle, heureusement, ne se mettait point en colère.

— On t'a remis...? dit-il.

— Ai-je dit qu'on m'avait remis...? Mais non ; c'est un objet pour le capitaine Foot.

— Il s'embarrasse, fit mon oncle, comme se parlant à lui-même ; il y a quelque chose qu'on veut me cacher.

— Tu es sûr, me demanda-t-il encore une fois, tu es bien sûr d'avoir laissé Walter au théâtre ?

— Parfaitement sûr. Cette commission pour le capitaine Foot m'a fait revenir plus tôt, et...

— Va vite te mettre au lit, mon enfant ; tu dois être fatigué.

Mon oncle se leva, alluma un second bougeoir et me le posa entre les mains. il faisait grand jour. Ces deux lumières étaient sinistres. La duchesse de Glocester pâlit.

Je me dirigeais vers la porte, lorsque mon oncle m'arrêta.

— Ernest! fit-il.

Je tournai la tête.

— Tu as eu tort de venir en Angleterre.

Je le regardai avec surprise.

— Tu as eu tort de venir ; j'ai eu tort de t'appeler. Walter, mon fils, est une mauvaise connaissance.

— Mon oncle...

— Je te dis que Walter est une mauvaise connaissance, et je n'en veux d'autre preuve que tes paroles de ce matin. Je t'ai connu jadis ; tu étais un excellent enfant ; ton père me fait ton éloge. Tu as vu Walter, il t'a appris à mentir.

Je jurai, et pour cause, que cette science m'était connue. Mais lui :

— Tu m'as dit que tu étais allé souhaiter le bonsoir au capitaine Foot ; tu le connais à peine. Tu m'as dit que tu étais chargé pour moi d'une commission, un instant après que cette commission était pour le capitaine. Tu as laissé Walter au théâtre pour revenir plus tôt, et tu arrives six heures après le spectacle. Mais il y a une chose qui me chagrine plus que ces mensonges, c'est ce mot de femme que tu as prononcé. Mon indulgence a corrompu Walter ; retourne en France, mon enfant, car Dieu me maudirait, si ce voyage devenait dans les mains de Satan une tentation pour ta jeunesse.

Une larme mouilla mes yeux ; je fus sur le point de tout dire, mais cette fois ce fut la duchesse de Glocester elle-même qui m'interdit un aveu.

Je demeurai confus et le regard courbé. Mon oncle me quitta et alla ouvrir son secrétaire.

— Attends, dit-il. Je ne veux pas revoir Walter aujourd'hui : je ne veux pas lui parler. Tu lui remettras, dès qu'il rentrera, ce mot de la main de son père.

Et il commença à écrire, tandis que je m'asseyais. Il écrivit longtemps, longtemps, et je me demandais quand il acheverait ce long sermon, et si son fils le lirait, et si même je reverrais son fils, lorsque je m'aperçus que la plume de mon oncle avait glissé sur le tapis de la chambre. La tête du vieillard s'était penchée; ses yeux fermés indiquaient le sommeil.

Je crus qu'épuisé par la fatigue et l'inquiétude, il s'était endormi. J'écoutai quelque temps sa respiration, qui paraissait calme, et je bénis Dieu, parce qu'il m'envoyait le moyen, que j'eusse cherché vainement, de cacher la faute de Walter.

Je me dirigeai lentement, lentement vers le secrétaire; puis, ayant prêté une dernière fois l'oreille au souffle régulier du dormeur, j'entr'ouvris un par un les tiroirs du meuble. Comme il arrive, le dernier que trouvèrent mes doigts, contenait l'argent de mon oncle. Je tressaillis en voyant quelques billets semblables à ceux que je possédais, de l'or et des shillings. Je laissai le tiroir ouvert, et je voulus retirer mon bras; mon oncle l'avait saisi :

Effaré, il me regardait.

— Menteur... débauché... t'aurait-il appris à voler ?

Je poussai un cri.

— Moi! m'écriai-je...

Et je montrai les papiers que m'avait remis Marjolaine. Mon oncle se jeta sur sa caisse, compta, me regarda fixement, et dit :

— Walter ?

Je ne répondis pas. C'en fut assez ; mon oncle savait tout.

— Le malheureux! dit-il, il ne reviendra pas.

Le vieillard n'ajouta pas un mot. Il se renversa sur son fauteuil , sanglota un instant et se tut.

Je courus appeler du secours; ma tante et la servante qui m'avait ouvert accoururent aussi précipitamment que peuvent le faire deux vieilles femmes, assez égoïstes de leur naturel. Mon oncle, d'ailleurs, ne tarda pas à revenir à lui. Ce fut seulement lorsqu'il eut pu gagner son lit, que le capitaine Foot apparut à la porte de la chambre, à peine vêtu, et les joues titillantes, comme s'il n'était advenu rien d'extraordinaire.

— Qu'a donc mon vieil ami? demanda-t-il.

Puis aussitôt :

— J'ai passé une mauvaise nuit.

Mon oncle lui serra la main ; puis, m'appelant à son chevet :

— Pas un mot à personne , me dit-il à l'oreille. C'était une méchante idée que de vouloir te confier au capitaine. Il y a deux sortes d'amis ici-bas : ceux qui ne vous aiment pas et ceux qui vous trahissent. J'ai rencontré *Milky heart*; j'avais prévu un malheur. Je suis puni pour n'avoir point oublié. Mon fils... un voleur!...

Il s'arrêta; un rauque sanglot s'échappa de sa poitrine ; puis il regarda le ciel, et d'une voix plus faible :

— Pas un mot — à personne — n'est-ce pas?

Il était inutile de parler aussi bas, mon brave oncle. Le capitaine Foot dormait.

X.

Dessur le quai.

Huit jours s'écoulèrent, tandis que mon oncle gardait le lit, et que ma tante pleurait à chaudes larmes. On n'avait reçu aucune nouvelle de Walter. Au bout de cette semaine, mon oncle put se lever et n'eut plus besoin de garde auprès de lui.

Mon voyage en Angleterre se faisait de plus en plus triste, et je regrettais la France, lorsque arriva une lettre de mon père. Il ne savait rien et me fixait simplement et laconiquement le jour où il comptait sur mon retour. On connaît déjà ma ponctuelle obéissance aux ordres de mon père.

La veille de mon départ, mon oncle, le capitaine Foot et moi, nous allâmes à Londres. Il s'agissait de poursuivre des démarches au sujet du jeune fugitif. La police anglaise, moins sévère que celle de France, ne put donner aucun renseignement décisif. Dans ce pays de liberté, le citoyen a droit de se cacher, aussi bien que d'être vu. Il est vrai que Walter, âgé de dix-sept ans, ne devait que très spécieusement être considéré comme un sujet anglais.

Le capitaine Foot prouva, dans cette occasion, l'utilité de son existence, utilité très problématique à mes yeux, qui ne voyaient en lui qu'une clé vivante d'un mystère impénétrable.

— La police, dit-il à mon oncle, est une roue de derrière à un cab. Si le cocher veut faire rouler sa voiture, il doit supprimer d'inutiles dépenses et garder son attention pour tout ce qu'il peut apercevoir. C'est ainsi qu'il évite la borne et les passants.

Le capitaine parlait quelquefois en paraboles.

— Mes enfants, continua-t-il en s'adressant à mon oncle et à moi, il faut me suivre. Je vais vous conduire chez de braves gens qui retrouveront Walter, ou nous diront pourquoi ils ne le retrouvent pas.

Pourquoi Walter ne se retrouvait pas, la police ne nous en avait point caché la raison. Elle ne l'avait point recherché.

Nous suivîmes le capitaine, qui, par un dédale de rues tortueuses et vouées à une fange perpétuelle, nous fit déboucher sur un quai entièrement désert.

Quelques maisons torves s'y tournaient le dos d'une façon peu courtoise. Des haillons pendus aux fenêtres en bouchaient les cavités, qu'ils rendaient semblables à de grands yeux malades, recouverts d'une taie souillée. Ce fut devant l'une de ces maisons que s'arrêta le capitaine Foot.

— Chu...u...u...ut, fit-il en se tournant vers nous, ici l'on parle bas. Les habitants sont très hospitaliers, à condition que leurs habitudes soient respectées.

— Pardon, dit mon oncle, qui avait aperçu une forme blanche soulever un chiffon au premier étage, croyez-vous que mon neveu ?.....

— Votre neveu va nous attendre sur le quai, répondit le capitaine. Ce sont de ces endroits qu'il faut regarder de loin, mon petit ami.

Et, tout en parlant, il me donnait sur la joue un soufflet qui, je ne sais pourquoi, me rappela le baiser accordé à la servante d'auberge. Ma haine s'accrut pour le capitaine Foot.

Il y a sur la terre des gens créés pour se jeter au travers de vos affaires et de vos amours. Il semble que le Ciel ait fait pour cette mission des vocations spéciales ; ces gens-là ne sont le jouet d'aucune autre destinée. Le capitaine Foot n'était né quarante ans avant ma venue dans ce monde que dans le but évident d'embrasser la servante d'auberge, de se faire la cheville

ouvrière d'une trame inconnue, de briser mes rapports avec miss Mary, et peut-être de me brouiller avec Marjolaine.

La chose au moins me parut incontestable. Je reculai de quelques pas, et commençai à descendre lentement le cours de la Tamise.

Le chemin que je suivais m'éloignait de la ville. Comme absorbé dans mes pensées, je ne songeai point à me retourner. Je me trouvai bientôt à une distance assez considérable de l'endroit d'où j'étais parti et où j'avais laissé mon oncle evec le capitaine. Tout le monde connaît la physionomie de Londres, cette cité sans bornes, dont les quartiers riches sont séparés les uns des autres par des quartiers pauvres, dont les plus populeux faubourgs mènent à des plaines désertes. Parfois on dirait une ville morte, Babylone ou Gomorrhe ; parfois un cercle de l'enfer, où des esprits traversent les ondes noires : *cosi sen vanno su per l'onda bruna*. Si quelqu'un s'étonne de l'étendue de ce gigantesque abîme, qu'il se figure Paris avec une seconde Chaussée-d'Antin au-delà du Jardin des Plantes, et deux ou trois faubourgs Saint-Antoine derrière l'Arc-de-Triomphe. Les maisons étant généralement peu élevées, et la population plus nombreuse que la nôtre, on comprendra aisément comment une course de cab peut durer deux heures sans franchir les barrières, et comment, croyant toucher aux limites extrêmes de l'enceinte urbaine, je me réveillai de ma torpeur au milieu du bruit renaissant d'une luxueuse industrie.

Je n'avais pas quitté la Tamise ; je m'étais même insensiblement approché du bord de l'eau. La vase qui embarrassait mes pieds m'arrêta, en même temps que l'éclat des voix et la rumeur des travaux m'arrachait à l'isolement. A ma gauche se multipliaient les entrepôts de mâts et de navires ; à droite, sur un mur près duquel se tenaient appuyés plusieurs hommes chaussés de grandes bottes de cuir, je distinguai ce mot, écrit à larges traits : *Noyés*. Un soupçon singulier germa dans ma tête, et j'entrai dans la maison.

Le corps de Walter n'y était pas. Un coup-d'œil me suffit pour m'en convaincre. Trois cadavres seulement étaient exposés : deux femmes et un homme. L'homme me parut horrible. J'allais m'éloigner, lorsqu'en jetant un dernier regard sur la grande armoire de verre derrière laquelle sont couchés les morts, il me sembla distinguer comme une ressemblance entre l'une des femmes et un être que je me souvenais d'avoir connu. La décomposition des traits m'avait empêché, dès l'abord, de songer au nom de cette infortunée, en qui, d'ailleurs, ma mémoire se retraçait une mobilité insensée, fatalement disparue dans la suprême agonie. Au doute succéda la conviction; je reconnus l'idiote du wagon, la mère de miss Mary.

Je m'expliquai promptement la cause de cette fin terrible, en me disant que la pauvre vieille avait échappé à la surveillance de sa fille, et que, sous la poursuite de ses bizarres hallucinations, fuyant sans doute au hasard, elle avait rencontré la Tamise.

Je pensai au désespoir de miss Mary qui, dans cet instant peut-être, cherchait sa mère comme mon oncle son fils, et je plaignis celui qui lui apprendrait la fatale nouvelle.

Il me sembla cependant que je serais heureux d'être celui-là, ou, pour mieux parler, que les larmes de miss Mary ne s'épancheraient nulle part avec plus d'effusion que sur le sein de son jeune compagnon de voyage.

Ce furent, je rougis de l'écrire, les seules pensées que m'inspira la chute de mon récent épouvantail. Si les vieillards frémissent devant la mort, les jeunes gens la contemplent sans effroi, et trop souvent sans douleur. La vieille Anglaise raviva dans mon cœur l'image de miss Mary; et, comme il arrive, quand l'éloignement fraye la route à l'imagination, il me sembla qu'après tout. . . . .

Peut-être était-ce seulement la prévision instinctive de l'avenir. Je résolus d'avertir miss Mary, et je me sentis plein de forces pour étancher ses pleurs. Je m'adressai à un gardien.

— Monsieur, dis-je, il y a là un corps que je reconnais.

— Allez faire votre déclaration, répondit cet homme.

— Où?

Il me conduisit flegmatiquement au travers d'une cour et m'introduisit dans un bureau voisin de la muraille où s'appuyaient les hommes à bottes de cuir. Un petit employé, maigre et chétif, commença l'interrogatoire suivant :

— Qui êtes-vous ?

Je déclinai mes nom et prénoms.

Il me regarda du coin de l'œil, et, se tournant du côté de l'homme qui m'avait amené, il communiqua avec lui par un geste significatif, exprimant le plus entier dédain pour ma personne.

— Quel âge? dit-il.

— Seize ans et demi.

— Il m'est impossible de recevoir votre déclaration. Vous pouvez vous retirer.

— Mais, monsieur...

J'étais étonné que mon âge fût un obstacle infranchissable, et qu'il fallût, pour cause de minorité, laisser ce corps privé de sépulture. Cette réflexion, que j'osai produire à voix haute, parut toucher l'employé. Au moins me demanda-t-il, peut-être sans intention, le nom de la personne que j'avais reconnue. Cette personne, dis-je... j'ignorais son nom.

Ce fut alors d'une voix impérative, avec un geste plein de majesté, que mon interlocuteur m'ordonna de sortir. Et l'homme qui m'avait amené me reconduisit à la porte d'une façon voisine de l'impolitesse.

J'entendis ensuite qu'ils riaient fort de ce qu'ils appelaient cette mauvaise plaisanterie. Il y a des instants où le souvenir nous échappe avec une étrange grossièreté; c'est dans les plus cruelles nécessités que le nom d'un intime ami s'efface de notre mémoire. Il y renaît spontanément, lorsque le besoin de le connaître a disparu à son tour.

Combien de fois ne vous est-il pas arrivé de sortir pour rendre une visite, et, parvenu au seuil souvent franchi de la maison, de ne savoir quelles syllabes jeter au portier pour expliquer votre présence. A peine de retour chez vous, il se fait une illumination subite, et le nom reparaît en lettres semblables au *Thecel* du roi Balthazar.

— Mistress Kingston, m'écriai-je en venant me heurter contre la porte.

On ne m'ouvrit pas; mais j'entendis la voix rauque de mon conducteur crier du fond du bureau :

— Attendez un instant, petit misérable, attendez!

Devais-je attendre? A tort ou à raison, ce conseil me parut mauvais. Dans certaines bouches, le mot « attendez » signifie : Sauvez-vous.

J'allais exécuter l'ordre, tel que je l'avais compris, quand les deux hommes à bottes de cuir bouilli, qui se tenaient près de moi, me prirent chacun par un bras, et d'autorité me réintégrèrent dans le bureau.

Cette fois, je me repentis singulièrement d'avoir connu miss Mary ; mais les mères ont une préférence pour les enfants dont elles ont souffert, et mes épreuves me rapprochaient de miss Mary.

Je lus dans les yeux de ces trois hommes, ceux-là qui m'avaient fait entrer et celui qui m'avait répondu, le dessein de m'immoler à leur rage, et je crus en prévenir l'exécution en répétant de nouveau : Mistress Kingston.

— Son adresse ? dit l'employé, ricanant.

Je demeurai confus. Comment aurais-je su l'adresse de mistress Kingston ?

— Vous ne savez pas son adresse ? répéta l'employé d'un ton plus élevé.

Comment aurais-je su l'adresse de mistress Kingston ?

Il paraît qu'un crime existait sous cette ignorance ; car six bras se levèrent à la fois pour m'appréhender, et je ne dus mon salut qu'à un providentiel incident.

M. Kingston en personne entra dans le bureau.

Il était sombre ; sans doute il venait, lui aussi, de reconnaître le cadavre.

— Messieurs, dit-il en entrant, je viens réclamer le corps de ma femme qui est exposé près d'ici.

— Vous vous nommez ?

— M. Kingston.

L'employé se tourna vers moi, et les six bras s'abaissèrent.

— Voici un jeune homme, dit-il, que je soupçonnais d'abuser de ma confiance, et qui doit connaître votre femme.

Il m'eût été difficile, non pas d'abuser, mais d'user seulement de la confiance de l'employé. Si c'était là une vertu qu'il possédât, on a pu voir qu'il en ménageait soigneusement la manifestation.

— Vous, monsieur, dit l'Anglais en me tendant la main, je suis content de vous revoir. Cette pauvre malheureuse vous aimait beaucoup.

Ma figure dut témoigner quelque surprise, car M. Kingston répéta, en homme qui ne veut pas être contredit :

— Je vous dis qu'elle vous aimait beaucoup. Elle s'est échappée cette nuit, sans doute pour savoir ce que vous étiez devenu. Ne la voyant pas ce matin, ma fille inquiète m'a envoyé à sa recherche. Je vous remercie. L'infortunée n'est plus. Ce soir vous dînez avec nous, n'est-ce pas ? Je demeure Lincoln's-Inn. A ce soir. L'infortunée n'est plus.

Et il s'éloigna.

— Je ne saurais vivre plus longtemps ainsi, pensai-je. Il faut que je sache quel mal ou quel bien j'ai fait à cette famille.

Quand je fus sur le quai, je ne pus découvrir aucune trace de M. Kingston ; il s'était évanoui.

Je revenais pensif, et me demandant comment je pourrais me rendre à l'invitation du gentleman, lorsque je rencontrai mon oncle et le capitaine Foot, qui me grondèrent fort pour m'être aventuré si loin. Ils m'avaient cherché longtemps autour de la maison, et machinalement avaient pris le même chemin que j'avais suivi. Depuis plusieurs jours, ce soupçon que Walter pouvait s'être tué grandissait dans le cerveau de mon oncle ; je ne sais si quelque pressentiment sinistre ne l'attirait pas aussi du côté où l'on expose les noyés. Cependant, soit qu'il ne voulût rien dire, soit qu'il n'osât affronter une horrible réalité, il ne chercha point à poursuivre sa route, et nous revînmes silencieusement au logis.

Les gens à qui le capitaine avait présenté mon oncle lui avaient peut-être donné quelque espérance ; sur ce sujet, la discrétion des deux hommes fut entière. Le vieux marin répondit seul à l'une de mes questions : il me dit que j'avais eu l'honneur de contempler la façade du club des voyageurs. Pour être admis dans la société, il faut, ajouta-t-il, avoir parcouru les deux mers durant un certain nombre d'années. C'étaient là de bons camarades, et qui connaissaient tous les pays.

Voilà ce que je pus savoir et de la maison borgne et de la visite de mon oncle.

Le soir, j'écrivis à mon père :

« Monsieur et cher papa,

» Il faudrait, s'il vous plaît, que vous attendissiez quelques jours pour me voir. Les plus importantes affaires me retiennent auprès de mon oncle ; je pense donc que vous me permettrez de retarder mon départ de deux jours. Je suis bien content aussi de revenir. J'embrasse ma mère et ma sœur, et je suis,

» De tout mon cœur,

» Votre fils affectionné,

» ERNEST. »

Puis je sortis, et me dirigeai vers Lincoln's-Inn.

XI

Lincoln's-Inn.

Lincoln's-Inn est le quartier des gens de loi, hideux et obscur séjour. Dans une petite rue tortueuse demeurait M. Kingston. Au rez-de-chaussée un sombre cabinet lui servait de bureau d'affaires. Les appartements occupés par miss Mary étaient au premier étage.

On m'attendait incontestablement. Je m'en aperçus à la toilette de miss Mary; bien qu'elle fût vêtue de noir, je ne sais quelle recherche perçait à travers son deuil. Je ne lui sus pas mauvais gré de ces soins, qui, s'ils ne témoignaient pas d'un chagrin profond, attestaient qu toute colère était évanouie contre moi. La coquetterie est toujours l'ombre d'un désir.

Le père se hâta de nous laisser ensemble, et notre attitude mutuelle attesta un certain embarras. S'il m'eût été malaisé d'en indiquer la cause, je crois que cette difficulté n'eût pas paru moins grande à miss Mary, car la conversation tourna dans le cercle des banales condoléances. Elle me conta, dans les plus menus détails, l'évasion de mistress Kingston, et le dîner fut servi.

M. Kingston eut, pendant le repas, une demi-heure de sensibilité. J'eus tort, je crois, de l'attribuer à la mort de sa femme. Chaque jour, à heure fixe, au moment de prendre le vin, qui ne se sert qu'au dessert, en Angleterre, l'émotion saisissait M. Kingston; c'était là une sorte de purgatif moral indispensable à sa santé, et dont la dose se trouvait plus ou moins forte, selon la quantité de pensées dévorées dans le silence du matin. Pour la première fois depuis que je le connaissais, je le trouvai bavard et disposé à me compter son histoire dans les plus grands détails. Ce n'était pas que je tinsse à entendre son histoire, mais il m'eût fait un souverain plaisir en me donnant quelques renseignements sur la mienne. Si, par exemple, il m'eût dit quels services je lui avais rendus, en quoi j'avais offensé miss Mary, pourquoi il m'avait donné une bank-note que je n'avais encore pu lui rendre, enfin ce qu'était devenue ma valise..... toutes questions difficiles à poser, surtout la dernière, la plus importante en réalité.

Depuis mon arrivée en Angleterre, j'avais été forcé d'user la garde-robe de Walter.

Je n'eus ni l'occasion ni le courage de parler. M. Kingston en profita pour me conter une foule d'anecdotes sur sa vie privée et sur la première éducation de sa fille. Le second sujet m'intéressa plus que le premier, d'autant que M. Kingston, reprenant les choses *ab ovo*, réussit plus d'une fois, par ses révélations indiscrètes, à amener la rougeur sur les belles joues de miss Mary. J'ai déjà dit que miss Mary rougissait, comme toute Anglaise bien élevée doit rougir, pudiquement et silencieusement. Pour les femmes de nos voisins, cela ressemble infiniment à un devoir à remplir; dès qu'on a rougi, la conscience purifiée se calme; une minute après, votre interlocutrice n'est pas plus embarrassée qu'une minute auparavant. A la vérité, elle n'a jamais montré un véritable embarras : chez tous les peuples, on rencontre une certaine quantité d'habitudes aussi ridicules : en France, les jeunes filles crient à tout propos, comme si on les égratignait; en Angleterre, elles rougissent, voilà toute la différence.

M. Kingston en était arrivé au moment intéressant où miss Mary, arrachée des bras de sa nourrice, témoignait avec une impertinente énergie de son aversion enracinée pour la maison paternelle, quand on sonna à la porte de la rue.

M. Kingston se leva.

Je n'ai pas dit encore que, le matin même, mon honorable protecteur avait jeté à cette même porte ses deux domestiques et la femme de chambre de miss Mary. C'était une *razzia* qu'il exécutait ponctuellement et d'ensemble tous les premier du mois. La chose avait eu cette fois et par extraordinaire une apparence de bon sens, grâce à la fuite et à la mort de mistress Kingston, fuite et mort dont était cause la négligence des serviteurs.

M. Kingston se leva donc, et alla ouvrir.

Un instant nous restâmes seuls, miss Mary et moi.

Quel ne fut pas mon étonnement, lorsque celle-ci, quittant son siége, s'élança vers le mien avec tant de précipitation, que je crus jouer le rôle de l'idiote, et je m'attendis à un violent coup sur l'épaule. Il n'en fut rien; miss Mary s'empara de ma main, et, la serrant entre les siennes :

— Cher, dit-elle... très cher... Oh ! ma pauvre mère... combien ne vous suis-je pas reconnaissante!..

Je ne savais trop de quoi elle pouvait m'être reconnaissante ; mais ses yeux humides, le beau regard qui s'en échappait, sa position presque humiliée devant moi, son cou de cygne ondulant sous ses cheveux d'or... sa... que vous dirai-je ? il me sembla que j'allais pleurer aussi.

Heureusement on entendit des pas sur l'escalier. M. Kingston rentrait.

Quand il rentra, chacun de nous, comme un amoureux pris en faute, avait une de ces singulières contenances que l'on croit très naturelles en pareil cas, et qu'on donne pour telles à son imagination, bien que jamais brodequins, chevalets ou autres tortures à l'usage des prévenus d'autrefois n'en aient produit d'aussi extraordinaires à la vue des bourreaux. Une chose plus étrange encore, c'est que les spectateurs ne semblent jamais s'apercevoir de ce que vous vous obstinez, avec mille efforts désespérés, à leur démontrer clairement, soit que la Providence daigne quelquefois jeter un voile sur les yeux des vulgaires humains, soit que le rideau qu'elle a de toute éternité tiré sur leur esprit soit plus que suffisant pour leur conserver une précieuse ignorance.

Pour M. Kingston, il eut raison de ne s'apercevoir de rien : d'abord parce qu'en réalité il n'y avait rien, puis aussi parce que M. Kingston n'était pas seul.

Il rentrait, accompagné d'un homme noir qui venait causer de l'enterrement.

Miss Mary pleura. C'est encore un phénomène de la nature féminine, que ces larmes qui lui viennent à propos d'un mot ou d'une couleur. Telle qui, au fond, ne regrette pas amèrement son mari, répand sincèrement des pleurs à la vue de sa lettre initiale sur un drap à franges d'argent. Et ne croyez pas que cette lettre lui rappelle un souvenir quelconque ; elle n'a pas de souvenirs qui puissent exciter son émotion. Elle pleure sur la lettre, parce que cette lettre est blanche, que le drap est noir, et que chacun se demande si cela n'est pas bien triste. Singulière propriété du blanc, du noir, du drap et de la lettre.

Croyez-vous que les larmes viennent du cerveau ou du cœur ?

Je ne dis pas cela pour miss Mary, grand Dieu !... Seulement, comme elle pleurait toujours, et que M. Kingston entamait une dispute qui paraissait devoir se prolonger jusqu'à l'altercation, avec l'homme des pompes funèbres ; comme ledit M. Kingston avait trouvé qu'on lui demandait trois shillings en trop, et que, cette réclamation ayant attiré l'attention de l'homme, celui-ci avait affirmé s'être trompé dans le premier prix en réclamant deux shillings en moins, — je laissai chacun à ses occupations, et, promettant d'assister au convoi le lendemain, je m'éloignai.

Il était tard. Où allai-je, au sortir de la maison Kingston ? J'allai au théâtre de Drury-Lane.

Eh quoi? la main encore chaude de l'étreinte de miss Mary, j'essayais de revoir Marjolaine! Ne croyez pas que je fusse déjà un Lovelace. Oh ! non. Il y a, je vous assure, de plus grands séducteurs que moi. Vous-même entre deux femmes, dont l'une vous baise la main, dont l'autre se moque de vous, avez-vous hésité? jamais. Vous seriez allé chez Marjolaine.

C'est en effet son adresse que je demandai au théâtre ; car elle ne jouait pas ce soir-là. J'étais résolu à lui rendre visite ; j'avais un excellent prétexte pour cela, plus qu'un prétexte, une raison qui, bien que vous en disiez, avait contribué à ma détermination : l'absence de Walter. Je ne sais pourquoi je m'imaginais que seule Marjolaine pourrait servir utilement mon brave oncle.

Walter, quelque chose me le disait, ne s'était pas éloigné de Marjolaine.

Quant aux recherches du capitaine Foot, à son club des voyageurs, à ses gens qui disaient pourquoi ils ne retrouvaient pas ce qu'on cherchait, j'y avais une médiocre confiance.

Marjolaine demeurait au-delà de Clerkenwell, dans une petite maison isolée, au coin de Soho-square. Devais-je m'y rendre ce soir-là? ne serait-elle pas sortie ? Je débattis ces deux questions dans ma tête jusqu'à l'entrée de Soho-square ; et je n'étais pas encore bien décidé, quand j'eus fait retentir le marteau de la petite porte.

Une bonne ouvrit.

— Miss Melvil?

— Elle y est.

J'entrai.

Elle y était. Elle y était seule. Elle avait eu un peu de migraine, et s'était couchée.

Lelit était son remède. Elle croyait à la médecine naturelle, la seule que suivent les animaux : diète et sommeil. Ce fut la femme de chambre qui m'apprit ces détails, tout en me demandant mon nom et l'objet de ma visite. Je donnai mon nom.

Tandis que la femme de chambre, irritée de ma discrétion, s'était retirée pour prévenir sa maîtresse, j'éprouvai le plus vif désir de me précipiter à travers l'escalier, et de gagner la porte de la rue. Je me trouvai étrangement audacieux d'être venu à pareille heure chez Marjolaine ; certainement je n'avais plus qu'une ressource, qui consistait à m'en aller, avant qu'on ne me chassât.

J'atteignais le corridor, quand je me sentis saisir par la basque de mon habit.

— Où allez-vous donc, monsieur? disait la bonne.

— Moi? répondis-je sottement, comme si ce «moi» eût été une réponse, et qu'il y eût eu le moindre doute sur l'identité de la personne à laquelle s'adressait la question. — Moi? dis-je.

La bonne eut assez de bon sens pour ne pas poursuivre l'interrogatoire.

— Vous vous trompez, monsieur, c'est de ce côté.

— Ah! c'est de ce côté.

La bonne me fit passer devant elle, sans doute afin de surveiller mes mouvements et de s'assurer que je ne lui échappais pas; puis elle ouvrit une porte, souleva une tapisserie, m'annonça et disparut.

Je ne me rendis pas d'abord un compte exact de ce qui m'arrivait; mais de suaves émanations m'ayant frappé, un nombre incommensurable de rayons de soleil éblouirent mes yeux, que je fermai vaguement. Et, les yeux fermés, je vis, mais je vis à n'en pas douter, que je me trouvais dans la chambre de Marjolaine.

— Approchez, dit une voix douce, qui jaillit des rideaux entr'ouverts, comme un chant d'oiseau sorti d'un buisson d'aubépine.

J'approchai machinalement, foulant aux pieds un riche tapis, soyeux et moelleux comme la voix.

Alors j'ouvris les yeux, et je vis une chose ravissante.

Je vis, sous une courtine légère, à l'ombre d'épais rideaux de damas, Marjolaine étendue, et la tête appuyée sur son coude. Ses longs cheveux noirs dénoués étaient à peine soutenus en arrière par un mince filet de soie ; il s'en échappait comme des vagues qui ruisselaient sur ses épaules blanches. N'est-il pas vrai que les épaules d'une femme sont une délicieuse création? Le cou de Marjolaine était un cou de vierge ; pas un pli, pas une rougeur indiscrète n'en corrompait l'éclat et la pureté. Un tissu jeté au hasard, ondoyait sur sa poitrine ; sa main, longue et fine, vraie main de duchesse à douze quartiers, creusait une fossette profonde dans sa joue mignonne et pâle; son beau bras était entièrement nu. On eût dit, grâce à sa pose, d'une sirène jaillissant des eaux. Ces femmes ont seules le secret de ces enivrements ; seules, elles ont naturellement et chastement ce magique pouvoir de communiquer l'ébranlement à l'imagination humaine ; c'est une suite de vibrations qui s'échappent de leur corps, et palpitent dans l'homme comme un souffle. Mystérieuse puissance, que Dieu a laissée aux anges tombés, et que ses séraphins n'ont point comprise; puissance irrésistible, infernale ou sacrée. La beauté, la grâce s'enlaçant comme deux sœurs, auxquelles se joint l'espérance. Jetez mille vêtements sur ces contours onduleux qui s'enfuient en serpentant dans l'ombre, vous n'en pouvez combler les replis charmants : la femme apparaît sous le voile, la lumière perce le nuage.

Je vous laisse à penser l'impression que durent causer cette chambre, ce lit, cette femme, sur un enfant de seize ans, qui, ne connaissant rien au monde, s'y disposait à tout aimer.

Je fus pris d'une fièvre lente, qui ne me quitta qu'à la fin de ma visite; en vain voulais-je reprendre courage : je frissonnais, et le cœur me manquait.

On rit de ces craintes puériles, de ces maux vagues comme l'ignorance. Ces maux-là sont pourtant nos plus réelles voluptés. A vingt-cinq ans, j'eusse parlé franchement à Marjolaine ; Marjolaine m'eût sans doute écouté; mais croyez-vous que la possession de cette femme aurait donné à l'homme tant soit peu de cette suavité mystérieuse que le son de sa voix répandait dans les veines de l'enfant? Le bonheur n'est pas où l'on croit; souvent nous l'oublions à nos côtés sur la route, tout en doublant le pas vers un but inconnu.

— Eh bien ! dit Marjolaine, que voulez-vous?

Il me sembla que par ces mots elle me reprochait d'être venu. Je crus devoir m'excuser; mais je m'y pris si mal, si mal, qu'elle m'interrompit.

— Vous êtes troublé, dit-elle; asseyez-vous. Vous vous serez fatigué, en venant jusqu'ici à pied. Prendrez-vous le thé avec moi ?

Un monosyllabe inintelligible parut être interprété par Marjolaine comme une affirmation; car elle sonna, et la bonne reparut. Un instant après, une table fut apportée, un plateau posé sur la table, et je me trouvai subitement investi par de longues tranches de pain, des gâteaux, du beurre, sans compter la théière, qui, je ne sais par quel prodige, apparut perpendiculairement suspendue à ma main droite.

— Ainsi, dit Marjolaine, il est bien entendu que vous ne voulez pas me donner du thé?

Je compris alors que la théière ne devait occuper cette position prestigieuse entre mes doigts, que dans le but de déverser une part de son liquide dans la tasse que me tendait Marjolaine. Je réussis à l'aider assez adroitement dans cette entreprise.

— Maintenant, continua l'actrice, tout en me regardant avec obstination, ce qui me persuada sur-le-champ que le soleil n'était pas la chose du monde la plus difficile à fixer, maintenant je désirerais fort avoir le sucrier, si toutefois vous y consentez.

Si j'y consentais! Je me précipitai sur le sucrier avec l'énergique activité d'un sauvage qui va scalper son ennemi. Quand Marjolaine se fut servie, ne comptant pas sans doute sur l'exactitude de mes soins, elle garda, auprès d'elle, à une longueur de table, la provision de sucre à laquelle je n'avais pas encore touché. Un autre eût réclamé; dans le monde, il existe des phrases souverainement polies, toutes faites pour réclamer ces choses-là. Ces phrases, je ne les ignorais pas; mais on m'en eût payé chaque lettre mille pièces d'or, que jamais, au grand jamais, je ne me serais servi de la plus obséquieuse pour demander à Marjolaine un vulgaire sucrier.

Je mesurai de l'œil la distance qui me séparait de ce dernier, et je découvris avec horreur qu'elle dépassait la longueur de mon bras. Il fallait ou parler ou quitter le fauteuil que j'occupais. Je résolus intrépidement que je boirais mon thé non sucré.

Bien que mes hésitations eussent duré quelques minutes, Marjolaine n'avait paru s'apercevoir de rien. Marjolaine serait-elle égoïste ?

La difficulté ne consistait pas à boire ce thé non sucré : je me sentais, en l'honneur de Marjolaine, capable des plus héroïques sacrifices ; j'étais même souverainement décidé à ne point laisser paraître le plus petit mécontentement, en avalant ce fade breuvage. Tout allait bien jusque-là ; tout irait bien jusqu'au bout, pourvu que la jeune fille ne s'aperçût pas trop tard de mon oubli.

Car, si j'avais bu, quand elle s'en apercevrait, je deviendrais inévitablement ridicule à ses yeux.

C'était, je vous jure, une affreuse situation. Dieu, qui met souvent le miel au fond de la coupe amère, m'en fit tirer un non médiocre avantage. Ce thé me préoccupa tellement, que je songeai beaucoup moins à la pécheresse demi-nue ; et quoique de plus en plus troublé par sa présence, je sentis bientôt que ce trouble venait moins de la fantastique vision qui l'avait causé tout à l'heure, que de ma crainte d'être surpris absorbant avec candeur ce maudit, cet exécrable thé.

— Après avoir bu, *elle* abandonna sa jolie tête sur l'oreiller garni de dentelles, et me demanda de nouveau si ma visite avait un but plus particulier que le désir de la revoir.

A vrai dire , ce thé non sucré me fut d'une admirable utilité. Il s'agissait de vie ou de mort : à tout prix, il fallait détourner l'attention de Marjolaine. Je parlai.

A quoi tiennent les actions humaines? Peut-être, sans ce bizarre incident, n'eussé-je pu expliquer convenablement à l'actrice le service que je venais réclamer d'elle.

Quand j'eus prononcé le nom de Walter, elle écouta attentivement ; quand j'eus dit son absence, sa fuite, les recherches inutiles, l'état pitoyable de sa famille, et le désespoir où nous étions tous, et l'idée que j'avais conçue de venir la trouver, idée que j'exécutais en ce moment, Marjolaine, qui avait paru de plus en plus intéressée, réfléchit profondément.

Tout à coup elle fit un brusque mouvement, qui imprima à son cou une charmante ondulation :

— Auriez-vous la bonté, dit-elle, de m'attendre un instant dans ce cabinet ?

J'hésitai. Pourquoi ce cabinet? Qu'y avait-il besoin de ce cabinet? Je ne sais quel démon fascinait mon cerveau : j'étais devenu presque hardi, depuis que le bruit de mes propres paroles s'était mêlé dans l'atmosphère aux émanations parfumées de la chambre de Marjolaine. J'hésitai. Ce fut un éclair, mais j'hésitai.

La tapisserie retomba, et je me trouvai quelques minutes dans une obscurité complète.

Marjolaine avait sonné sa femme de chambre.

Au moment où mes yeux, commençant à s'habituer à la nuit, allaient découvrir les objets disséminés autour de moi, un éclat lumineux jaillit sur mon visage.

— Venez, me dit Marjolaine.

Elle s'était habillée; une mante sombre couvrait ses admirables épaules; je soupirai.

Les femmes avaient disparu; l'actrice elle-même ouvrit devant moi les portes que j'avais une fois franchies, et je quittai ce réduit embaumé, où je venais de passer une heure que tout Londres m'eût enviée, et que je ne devais plus revoir.

Quand nous franchîmes le premier trottoir, il me sembla qu'une ombre à quelques pas derrière nous se détachait de la muraille; je détournais la tête, mais *elle* saisit mon bras, et ma pensée, durant toute la route, ne fit que remonter du poignet élégant à l'épaule ronde, et de l'épaule à la lèvre entr'ouverte au baiser.

XII

Qu'est-ce qui passe ici si tard?

Nous prîmes une voiture, et nous franchîmes les barrières. Autant que je pus en juger dans les rares instants de bon sens que me laissait mon émotion, nous suivîmes quelque temps les bords de la Tamise. Le cocher nous arrêta près d'un embarcadère; nous montâmes dans un wagon et la vapeur nous emmena sur une route que je ne reconnus pas.

Une heure après, Marjolaine et moi, nous tenant par la main, nous nous enga-

gions dans un bois épais et sombre.

Une seconde fois, je crus voir une ombre glisser autour d'un arbre, et s'évanouir dans un sentier; mais je n'y fis pas attention.

J'étais trop heureux pour avoir peur ; il y a des instants où l'homme se transfigure: l'amour est le magicien qui donne le courage au poltron, la bonté au méchant. Tel qui redoute une égratignure expose sa vie, quand il aime; ne vous prenez jamais de querelle avec un amoureux. J'avais la main dans la main de Marjolaine ; il me semblait qu'elle m'étreignait doucement ; la fièvre du désir ne laissait aucune place au frisson de la crainte.

Bientôt je reconnus la forêt et le chemin; j'avais déjà parcouru ces lieux avec Walter. Nous arrivâmes après peu de minutes au club de la Marjolaine.

La maison n'avait pas changé d'aspect; c'étaient toujours le même pont, la même cour, les mêmes flambeaux.

Marjolaine entra comme une reine dans son palais. Un cri général salua son apparition dans la grande salle.

Les clameurs de ces jeunes gens me firent mal; bien qu'ils parussent tous pleins d'enthousiasme et d'admiration pour Marjolaine, il y avait dans cet accueil un certain élan d'intimité sans façon qui ne me plût aucunement.

— Marjolaine, qui avait dit qu'elle ne viendrait pas.

— Marjolaine, qui l'avait écrit.

— Agréable surprise.

— Nous savions bien que cette migraine.....

— Hourrah pour Marjolaine !

Aucun d'eux ne me regardait, aucun d'eux ne paraissait s'apercevoir de ma présence. Ils entouraient ma conductrice, ils lui baisaient les mains, ils la guidaient doucement de table en table jusqu'à l'endroit mystérieux où je l'avais vue apparaître, puis disparaître une première fois. Pour moi, je demeurais près de la porte, isolé, ne sachant ce que je devais faire, ni s'il fallait suivre Marjolaine, ni s'il fallait attendre qu'elle fût revenue.

Vos souvenirs vous diront que, lorsqu'un Anglais s'enthousiasme, le monde entier s'évanouit pour lui. Je ne pouvais donc m'étonner que, dans un tel mouvement, alors que les jeux et la bière étaient abandonnés, ma faible personnalité eût échappé à tous les regards, comme à toutes les pensées. Je me demandai seulement, si l'on ne me prendrait pas pour un voleur, lorsque Marjolaine se serait retirée.

Elle se retira en effet. Où? je ne sais. Quelques clubistes l'accompagnèrent.

Ce fut alors qu'un premier joueur m'aperçut. Il fit la grimace, mais ne dit rien.

Un second parla à l'oreille de son voisin. Un troisième, qui était le voisin, s'approcha de moi et me considéra attentivement.

Je sentis confusément que je rougissais.

Bientôt un groupe se forma, et je crus comprendre qu'on délibérait.

— Est-ce-que...?

— C'est impossible.

— Il me semble que j'ai vu cela quelque part.

Tels furent les fragments que je saisis dans la conversation. Ma situation devenait intolérable. Une fois encore je fus sur le point de m'enfuir. Point de mire pour tous les regards, j'en étais à me repentir de la bonne action que j'avais faite.

Tout à coup, et précisément à la seconde où je m'attendais à l'explosion de la colère publique, le silence se fit, un silence profond. Je rouvris les yeux, que j'avais fermés pour ne point voir l'assaut, et je découvris, stupéfait, que chacun avait repris sa place et que personne ne me regardait plus.

Sans doute quelqu'un avait opéré une diversion, ou l'explication de ma présence s'était faite subitement.

Je revins à moi, et, avisant un siége, je m'y laissai tomber.

Autant que ma mémoire peut en juger, j'attendis vingt minutes. Les vingt minutes écoulées, Marjolaine reparut.

Elle vint à moi.

— Walter, me dit-elle à voix basse, n'a point visité le club. On ne sait ce qu'il est devenu. A moi-même, on m'en a demandé des nouvelles.

— Que faire? demandai-je.

— Attendez-moi. J'ai encore un moyen.

Elle fit ses adieux; mais on ne voulut pas la laisser partir sans qu'elle chantât. Je n'avais pas encore entendu chanter Marjolaine. Elle prit un verre, et commença le couplet suivant d'une vieille chanson britannique :

Apportez la coupe suprême :
D'un seul trait nous la viderons,
Avec quiconque de cœur aime
Celui qu'ici tous nous aimons.
Venez, champions d'Angleterre,
Soutiens du trône et de la foi ;
La mort fût-elle au fond du verre,
Buvons à la santé du roi

La voix était pure et vibrante : la souplesse de l'organe tenait lieu de méthode. Je me pris à réfléchir au caractère singulier de cette femme, tour à tour aimante et égoïste, froide et dévouée, mélancolique et folle, et non toutes ces choses en diverses circonstances , mais au même moment et presque à la même seconde.

Dès qu'elle eut achevé, nous partîmes. En traversant le bois, soit que la fatigue m'accablât, soit que les émotions successives de la journée eussent suffi à troubler mon jugement, ce ne fut plus une ombre, ce furent des milliers de fantômes qui se détachèrent des arbres et dansèrent le long du sentier.

Quand nous fûmes de retour à Londres, il était plus de minuit. La ville commençait à s'endormir.

Cependant Marjolaine ne rentra pas chez elle ; nous prîmes une voiture et, à mon grand étonnement, l'adresse qu'elle jeta au cocher fut celle-ci :

— Lincoln's-Inn, Old-Square, 2.

La propre adresse de M. Kingston, et il n'y avait pas à s'y méprendre : l'honorable gentleman occupait toute la maison. A moins que Marjolaine ne désirât parler à l'une des filles de service qui avaient reçu leur congé le matin même, il fallait que ma conductrice connût M. Kingston, qu'elle eût affaire à M. Kingston... Et quel était ce moyen de retrouver Walter par l'entremise de M. Kingston ?

— M. Kingston, dis-je, quand Marjolaine se fut assise à mes côtés...

— Vous le connaissez? fit-elle.

C'était elle qui me demandait si je le connaissais!

— J'ai dîné avec lui ce soir même.

— Etrange coïncidence, dit Marjolaine.

— Mon étonnement est aussi grand que le vôtre, repris-je; je ne m'attendais guère à retourner chez M. Kingston à cette heure.

— Rien d'étonnant, dit-elle. Je suis la sœur de lait de sa fille.

— De miss Mary?

Marjolaine me regarda fixement, et un

sourire illumina sa lèvre. Ce fut comme un rayonnement.

— Oh ! fit-elle, il paraît que vous ne m'aimez plus.

Et elle me prit la main avec effusion, comme pour me remercier.

Je la contemplai ébahi.

— Ce nom de Mary s'est échappé de votre bouche comme une déclaration d'amour. A la bonne heure, dit elle ; cela vaut mieux ainsi.

Ce fut, cette fois (je ne crois pas m'être trompé), avec un mélange de tristesse et de douce mélancolie, qu'elle plongea ses regards dans les miens.

— Mon Dieu ! fit-elle, il n'y a rien d'impossible.

Je ne savais que répondre ; je rougissais et pâlissais tour à tour. Comment donc avais-je pu prononcer ce nom de miss Mary ?

— Je ne sais pas ce que vous voulez dire.

Tels furent les mots qu'après mille efforts redoublés j'essayai de proférer.

— Vous êtes un enfant, répondit Marjolaine.

Et le silence régna durant toute la route.

La nuit était profonde. Le ciel n'avait ni lune ni étoiles. Quelques lanternes jetaient sur les pavés de Lincoln's-Inn des lueurs incertaines. Tout dormait dans la maison de M. Kingston.

Je descendis le premier et sonnai plusieurs fois.

Le pas lourd du maître se fit entendre sur l'escalier. En même temps sa voix retentit.

— Qui fait un pareil vacarme dans une maison de mort ?...

J'allais crier mon nom, quand Marjolaine m'arrêta en posant sa main sur mon épaule.

Puis elle s'entretint un instant avec M. Kingston dans un dialecte inconnu.

La porte s'ouvrit.

A ma vue, le propriétaire de la maison pensa laisser choir son flambeau. Il roula des yeux effarés sur Marjolaine et sur moi.

— Permettez, monsieur, dit la visiteuse, que je vous présente un de vos bons amis. Il a bien voulu me conduire jusqu'ici.

Nouveaux regards effarés de M. Kingston, qui, d'ailleurs, ne demanda aucune explication, et silencieusement nous précéda dans l'intérieur des appartements.

— Qu'avez-vous dit? demanda Marjolaine à son hôte, lorsque nous fûmes dans le salon. Vous avez parlé de mort.

— On l'enterre demain, dit-il d'un ton sombre. On l'a apportée ce soir.

— Qui donc?

— Venez!

Silencieusement encore, il nous fit gravir un second étage. Nous entrâmes dans une chambre noire, que la bougie éclaira. A cette lueur, nous pûmes voir miss Mary agenouillée, et sur un lit un cadavre étendu.

C'était la morte de la Tamise, mistress Kingston.

Elle était horrible.

Quelle ne fut pas ma surprise, quand, regardant Marjolaine, je la vis qui devenait soudain aussi pâle que la morte; puis elle s'agenouilla près de Mary, et posa sur son front la main de la vieille femme.

Quelques instants, les deux jeunes têtes, l'une blonde, l'autre brune, parurent comme confondues sous l'étreinte de cette main décharnée. On eût dit que le cadavre allait les attirer dans la tombe.

Toutes deux se relevèrent. Chose étrange, Mary semblait calme; Marjolaine pleurait.

Un étranger eût pris cette dernière pour la propre fille de mistress Kingston.

— Allons, dit-elle, en se tournant vers moi, et sans s'occuper de l'Anglais qui attendait, le sort en est jeté, nous ne retrouverons pas Walter. Mistress Kingston est morte ; elle seule était le moyen dont je vous ai parlé.

Je ne comprenais pas.

— Le pouvoir que j'avais sur elle, et le pouvoir qu'elle possédait elle-même, sont des secrets que seul monsieur a le droit de vous confier.

Elle désignait M. Kingston.

— Eloignons-nous, dit ce dernier.

A l'exception de miss Mary, nous passâmes tous dans la chambre voisine. La fenêtre était ouverte et donnait sur la rue. M. Kingston alla tirer le rideau, mais il ne ferma pas la fenêtre. Ce détail, qui ne me frappa pas, ne devait pas être sans importance pour la suite des événements. Marjolaine et moi nous assîmes vis-à-vis l'un de l'autre, à côté du rideau, en sorte que nos ombres s'y projetaient confusément.

M. Kingston posa la lumière entre nous

et lui, puis il alla se placer tout au fond de la chambre.

Il me sembla que nous nous préparions à demeurer bien longtemps, et je fis modestement observer que mon oncle et ma tante allaient me croire perdu à mon tour.

— Cela ne fait rien du tout, dit M. Kingston.

Je regardai Marjolaine ; elle était grave.

— Rien du tout, reprit-il. Il faut que je sache comment vous vous connaissez et ce que vous êtes venus faire ici.

Je gardai le silence.

— Il le faut, reprit-il, et j'ai ce droit.

Puis, d'un ton si étrange que je ne l'oublierai jamais de ma vie, tout en se levant et montrant Marjolaine :

— C'est ma fille, dit-il.

Et il se tut.

Je crus que M. Kingston devenait fou comme sa femme ; mais me tournant vers Marjolaine, je m'aperçus qu'elle était calme, et que ce que disait l'Anglais devait être la vérité.

— Oui, continua-t-il, c'est celle-ci qui est ma fille, et la fille de celle-là qui est morte. Elle ne vous l'a pas dit ? Mary est mon enfant aussi, mais ce n'est pas celui de l'autre. C'était, en quelle année ? Je ne m'en souviens plus. Celle-ci, je ne l'avais jamais adorée, voyez-vous. D'abord, étant toute petite, elle ressemblait beaucoup à un homme qui avait aimé ma femme avant moi, ce qui m'a laissé penser qu'elle l'aimait toujours, et qu'elle pensait encore à lui. A vrai dire, il pourrait bien être son père. Je n'en sais rien. Je sais seulement que nous n'avons pas d'affection l'un pour l'autre. C'était mon premier enfant ; sa mère l'a nourrie, et sa beauté s'en est allée. Puis celle-ci (il la désignait toujours du doigt) me haïssait d'instinct. Un jour décida de son avenir. Elle m'avait dit un mot qui m'avait déchiré. Celle-là qui est morte était très malade, si malade qu'elle en devint folle. Quand je la vis folle, je me dis : elle ne reconnaîtra plus son enfant ; et j'envoyai celle-ci à la campagne en échange de Mary, que je fis venir à la maison. Mary est si douce ! une véritable Anglaise. Ceci est français. Cependant, la mère n'a jamais pu s'y faire. Elle cherchait toujours à nous échapper, et je crois que c'était pour aller retrouver sa fille. Une singulière personne !

Il s'arrêta, puis reprit :

—Comment donc vous connaissez-vous ?

J'étais abasourdi par ces confidences que je n'avais pas cherchées, par ces confidences faites devant Marjolaine, devant Marjolaine elle-même, qui ne sourcillait pas.

Tout à coup, mes yeux qui se baissaient rencontrèrent sur le tapis une ombre singulière. Je poussai un cri.

Un bruit se fit entendre derrière le rideau de la fenêtre.

Marjolaine et moi fûmes debout en un instant.

Un silence se fit : on n'entendait que nos respirations haletantes.

Je me retournai, et je vis M. Kingston qui s'était armé d'un *revolver*.

— Un voleur ! dit-il à voix basse.

Le rideau sembla s'écarter doucement. Une main parut, puis un tête... Un coup de feu..., un long gémissement..., enfin, le sourd fracas d'un corps humain qui rebondit sur le pavé.

Je tombai lâchement à genoux, me couvrant le visage de mes deux mains.

M. Kingston avait disparu.

Marjolaine, de plus en plus pâle, levait ses grands yeux noirs au ciel.

XIII

Le Chemin de la croix.

N'est-il pas vrai que dans la vie certains événements, certaines situations prennent sur vos sens un tel empire, qu'ils les troublent au point de les obscurcir ? Souvent on croit veiller, on rêve. A la vue de sa propre terreur, la nature se révolte et nie son existence ; vous errez parmi tant de choses qui ne vous semblent pas devoir être, que vous vous évanouissez dans le nombre ; et, sans clore les yeux, voyant, entendant, agissant, vous êtes plongé dans le sommeil et vous regardez passer. Tels sont ces premiers effets de l'ivresse, alors que les vapeurs, commençant à envahir la tête, enveloppent les paupières et soulèvent le cœur, on vit encore, ou plutôt on s'agite dans une barque flottante que les vagues abîment ou soulèvent tour à tour.

La tête me tournait.

Je rêvais.

Certainement je rêvais, quand je regardai Marjolaine et que je la vis faire quelque pas vers la porte, paraissant écouter ce qui se disait au-dehors, et que je n'entendais pas.

Je rêvais encore, quand la porte s'ouvrit, et que Marjolaine recula d'horreur.

Et n'était-ce donc pas un rêve, un rêve horrible, durant lequel j'apercevais un corps sanglant porté par quelques hommes, qui entraient doucement, déposaient leur fardeau sur un lit, et baignaient d'eau ses tempes meurtries?... les tempes, les cheveux, le visage de Walter.

Walter ! Etait-ce ainsi que je devais le retrouver ?

Et comment aurait-ce été Walter ? Comment, pourquoi aurait-il escaladé cette fenêtre ? Il ne pouvait être devenu un bandit de profession. Il eût d'ailleurs mal connu son métier, la lumière éclairant cette chambre, et nos ombres se projetant sur le rideau.

Nos ombres : qui sait si là n'était point la cause?... Marjolaine et moi près l'un de l'autre... Ce fantôme qui m'avait suivi..... la jalousie de Walter... Mais non : je vous dis que je rêvais.

Et je vis, ou, pour mieux dire, il me sembla voir ceci :

M. Kingston et ses deux aides, ramassés je ne sais où, baignaient les blessures de Walter; Marjolaine (qu'elle était pâle, et que les rêves vous font de singulières physionomies!) Marjolaine essayait d'entr'ouvrir les paupières du blessé, qui ne frissonnaient plus aux lumières et se roidissaient sous les doigts.

Oh! que cela devait bien m'assurer que j'étais endormi : Walter aimait tant Marjolaine qu'un seul regard de celle-ci eût fait jaillir son âme au travers de ses prunelles. Et dans mon rêve il dormait : il dormait sous les yeux noirs de son amie.

Depuis quelques instants miss Mary était entrée. Que s'était-il passé? Je ne sais. Elle me regardait.

Soudain j'entendis un gémissement; et je crus que ce gémissement, Walter l'avait poussé. Etait-ce un gémissement ou un râle? Que de sang !

D'où vient que la chambre est rouge?

D'où vient que sur le cou de Marjolaine, qui s'approche, coulent de longues larmes sanglantes?

— Il faut aller chercher votre oncle. Walter se meurt.

Qui prononce ces paroles? Est-ce bien Marjolaine?

— Allez vite. Il n'y a pas un instant à perdre. Seulement ménagez-le. Ne lui dites pas tout d'un coup l'horrible vérité.

Quelle vérité? et qu'aurais-je à lui dire? Mon songe continue. Je me vois, je me vois distinctement me lever, passer, franchir le seuil, descendre ; l'air frappe mon visage. Cette fois je suis éveillé.

— Allez vite! a dit Marjolaine.

Au milieu d'une nuit épaisse, je me précipite comme un fou. C'est à peine si les rues que j'ai à parcourir me sont connues. Je m'égare. Heureusement, voici une voiture.

— Cocher, le prix que vous voudrez, mais ventre à terre.

— Il n'y a pas un instant à perdre, a dit Marjolaine.

Chevaux, cab, cocher, voyageur, nous bondissons sur le pavé sonore. A Greenwich! à Greenwich ! et puissions-nous arriver à temps ! Mais que dire à mon oncle ?

— Ménagez-le, a encore dit Marjolaine.

Quel prétexte trouver? comment l'emmener? comment cacher à ma tante...? L'inspiration viendra. La réflexion est mère des résolutions humaines; l'inspiration est fille de Dieu.

— Ne lui dites pas tout d'un coup l'horrible vérité.

Non certainement, il ne la saura pas. Il ne la saura pas par moi. Voici le presbytère. Que le cocher attende, car rien n'est terminé. J'ai ma clé; j'entre. On dort : cependant il y a de la lumière, et cette lumière est dans la chambre de mon oncle.

Je frappai deux coups à la porte de mon oncle Antoine.

Il s'était accoudé sur ce même secrétaire ouvert où il avait feint de s'endormir une nuit, pour mieux découvrir mes pensées. La Bible était devant lui; ses regards paraissaient fixés sur la duchesse de Glocester. Mais ses regards ne voyaient pas la noble dame; entre elle et lui s'étendait un rideau de larmes.

Mon oncle avait pleuré.

— Reviens-tu à cette heure? dit-il. Puis se levant : Comme tu es pâle !

Je n'aurais pas cru être pâle, car la sueur ruisselait sur mes joues.

— Cette nuit est fraîche ; tu es à peine vêtu : c'est imprudent.

La nuit était fraîche ; ah! mon oncle, vous me l'appreniez; je l'avais trouvée brûlante. Plaise à Dieu que vous-même ne changiez pas d'idée tout à 1 heure.

— Bien sûr, tu es malade.

— Mon oncle, dis-je, je viens vous chercher.

— Pourquoi? Qu'as-tu?

Cette fois ce fut lui qui pâlit. Je baissai la tête ; les enfants craignent toujours qu'on ne lise au fond de leur âme.

— Walter est retrouvé! cria-t-il en me saisissant la main.

— Oh! non, ce n'est pas Walter.

Je me hâtai de répondre ainsi ; et le bras de mon oncle retomba.

— En effet, dit-il, ce n'est pas un bonheur que tu viens m'annoncer. Tu t'y prendrais autrement. Qu'est-ce donc ?

— C'est... un malade... qui...

— Un malade!... que ne le disais-tu tout de suite? A toute heure de nuit et de jour, je suis à la disposition des malades. Viens, conduis-moi.

En parlant ainsi, mon oncle prenait son manteau, et s'apprêtait à fermer sa Bible.

Tout à coup il s'arrêta.

— Regarde, me dit-il en me montrant du doigt un feuillet du livre entr'ouvert, lorsque tu es entré, j'en étais à ce verset du roi Salomon : « Ceux qui auront semé dans les larmes moissonneront dans l'allégresse.» Et je pensais que peut-être je n'ai pas assez versé de larmes, et que la moisson n'est pas mûre.

O mon oncle! les pleurs qui vous restent à répandre ne vous laisseront plus rien à mériter.

Je m'inquiétais de ce retard; mon oncle s'en aperçut. Aussi, fermant le livre :

— Tu as raison, dit-il ; il n'y a pas un instant à perdre.

Lui aussi répétait le mot de Marjolaine.

Comme je voyais qu'il se dirigeait vers la chambre de sa femme :

— N'allez pas prévenir ma tante, m'écriai-je. Ce serait trop long.

— Oh! oh! fit-il, le cas est-il si grave...

Et il vint. J'avais craint un instant que ma tante, grâce à son instinct maternel, n'en devinât plus que le ministre.

Pourquoi cette crainte? Pourquoi cette défense qu'on m'avait faite? Ne fallait-il pas que, tôt ou tard, l'un et l'autre apprissent la vérité? Singulier préjugé que celui qui consiste à retarder un aveu douloureux, comme s'il importait que cet aveu se fît à cette heure-là plutôt qu'à celle-ci. En souffrira-t-on moins pour avoir attendu? Je crois que cette manie a pour cause,

non l'intérêt de celui qui ignore, mais la lâcheté de celui qui sait.

Cette réflexion, je la fis, lorsque mon oncle, installé dans la voiture, pensa enfin à me demander :

— Où allons-nous ? qui vais-je voir?

Pour avoir réfléchi, je n'agis pas autrement que je n'eusse fait sans réflexion. Quand on est indécis entre deux projets, si l'on se prend à en remettre le choix aux dés ou à quelque jeu de hasard, il est rare qu'on soit content de la décision du sort, et d'ordinaire c'est le dessein vaincu qu'on exécute. Il en est ainsi du raisonnement, quand vous vous êtes bien prouvé à vous même que vous allez faire une sottise, il est rare que cette sottise ne soit pas préférée à toutes les choses raisonnables que vous avez méditées. L'homme s'agite et Dieu le mène.

— Mon oncle, je vous en supplie, ne m'interrogez pas. La personne chez qui je vous conduis m'a fait jurer de ne rien vous dire.

— Cette personne a donc toute sa connaissance ?

— Oui, mon oncle.

— Est-ce un homme, ou.... ou une femme?

En m'interrogeant, mon oncle cherchait à lire dans ma pensée.

— C'est un homme, dis-je.

— Cet homme me connaît donc?

— Mon oncle, vous allez me faire manquer à ma promesse.

— Etrange, dit le brave homme.

Et il tomba dans une profonde rêverie.

La voiture, roulant avec la même vélocité, nous eut bientôt reconduits dans Lincoln's-Inn. Nous nous arrêtâmes, et je commençai à trembler de tout mon corps.

O voie douloureuse, mon oncle allait donc vous gravir!... O passion du juste, le ministre du Christ allait donc connaître vos pénibles stations !... A lui non plus, aucune souffrance ne serait épargnée.... Je le plaignais, et j'ignorais encore qu'avant d'arriver à la croix, il lui faudrait passer par la sueur de sang et la couronne d'épines.

La porte s'ouvrit; il monta. Le palier était éclairé; une ombre s'y mouvait au pâle éclat d'un flambeau mourant. C'était M. Kingston, qui remuait dans une malle des linges humides de sang.

La lumière frappait sur son visage ; je sentis soudain mon bras saisi par une main de fer.

Mon oncle me regardait, livide.

— O Ernest, dit-il, m'as-tu donc amené chez cet homme ?

— Cet homme? répétai-je sans comprendre.

— L'Anglais, murmura-t-il..... *milky heart...*

Je frissonnai. Au son de cette voix rauque, l'Anglais s'était retourné. Il leva son flambeau et nous vit.

— Mon oncle! m'écriai-je en me précipitant le premier.

— Celui-là est votre oncle? dit-il. Qu'il soit le bien venu.

Il me sembla qu'il ne le reconnaissait pas. Il avait proféré ces paroles du ton le plus calme et le plus flegmatique. Je fus bientôt détrompé.

Il nous fit tous les deux pénétrer dans la première pièce, celle où la morte était exposée, où miss Mary veillait toujours.

Mon oncle était entré. Soudain M. Kingston se retourna et lui dit :

— Antoine, regarde!

Il approcha sa lumière du front de la morte. Le vieillard regarda ; mais cette fois ce fut lui qui ne reconnut pas.

— Quelle est cette femme? dit-il.

Amour, passion étrange, fleur aux parfums énivrants, à la vie éphémère, à quoi bon ouvrir ton calice doré aux rayons du soleil, à quoi bon remplir d'étouffantes saveurs l'atmosphère où palpitent deux âmes, si toujours l'heure doit venir où l'une d'elles, passant près de l'autre, demandera vaguement : Quelle est-elle ? O mon oncle! c'est celle-là en qui tu avais si bien versé ton espérance, que depuis ton cœur est vide, et que le devoir y a pris la place des transports ; c'est celle-là, mon brave oncle, qui fut cause de ta haine pour cet homme. Mais l'humanité est ainsi faite, que toi, juste et bon, tu as gardé la haine en oubliant l'amour.

As-tu réellement oublié ? Non, ton œil devient plus fixe, tu regardes de plus près... Oh! ne te dis-tu pas, en ce moment terrible, que nous sommes tous des mortels bien misérables, et qu'il est triste d'avoir donné la meilleure part de son âme à un être égalé par l'imagination à la divinité, quand la réalité vous le montre comme un hideux mélange de laideur et d'idiotisme? Qui de nous, revoyant une ancienne maîtresse et sentant frémir dans son passé ce papillon joyeux, tout doré des clartés du printemps, qui de nous n'a pas reproché à Dieu d'avoir fait si légère la poussière de son aile ?

Mon oncle avait la piété, qui sauva le reproche.

— Mon Dieu, dit-il en courbant la tête, sois béni pour avoir chassé de mon cœur tout ce qui s'y remuait encore de passions humaines. Tu l'as voulu (et il joignit les mains), tu as voulu, pour mon salut éternel, que je pusse voir l'objet de mes regrets de chaque jour dans l'état où l'a mis ta colère, et que si je conserve jusqu'à la mort le respect pour cette âme envolée, il n'y eût plus dans tout mon corps qu'une sensation d'horreur au souvenir de ce qui me sembla si beau.

Il était impossible, en effet, que l'illusion de l'amour gardât désormais son empire: mistress Kingston, étendue sur ce lit, n'avait perdu aucun des traits déformés, aucun des vestiges stupides, que le temps et la folie avaient imprimés sur sa physionomie vivante ; la mort avait encore chargé cette dernière de ses plus lugubres aspects, de ses rictus les plus monstrueux.

Cette femme n'avait plus figure humaine.

Cependant des pleurs s'échappèrent des yeux de mon oncle ; il ne regarda plus celle qu'il avait aimée, mais, penchant ses paupières, sans doute pour revoir une dernière fois dans la nuit du passé l'image gracieuse, arrachée par le néant au trépas, il se tint debout près du chevet et ses lèvres s'agitèrent. Il priait.

Après avoir reconnu son ennemi, il avait reconnu sa maîtresse. Après la sueur de sang, la couronne d'épines.

Un gémissement, venu de la chambre voisine, le tira de sa torpeur. Il releva le front.

Marjolaine était demeurée auprès de Walter ; il y avait un médecin avec elle. Je me hâtai d'entrer, pour demander ce que je devais faire et ce qu'il fallait dire à mon oncle.

Je laissai les deux hommes ensemble, près de la couche où reposait le cadavre insensible de leur mutuel amour.

— Comment va-t-il ? demandai-je à Marjolaine, car j'avais vu que les rideaux du lit étaient tirés sur le malade.

Elle secoua la tête.

— Le médecin ne répond de rien ; c'est répondre de sa mort. À peine la balle a effleuré sa tête, mais la chute l'a brisé.

— Mais pourquoi cette chute, et que venait-il faire a ce balcon?

— Au moment où il a paru, votre main était sur mes genoux, et vous demandez ce qu'il venait faire ?

Je baissai les yeux.

—S'il avait su, dit-elle, que vous ne m'aimiez pas... Mais c'était un caractère ainsi fait... Si j'avais pu prévoir...

Qu'aurait-elle donc fait, si elle avait pu prévoir?

— Votre oncle est là? dit-elle en s'interrompant.

— Oui; je n'ose le faire entrer.

— Il ne sait rien?

— Rien. Il croit avoir été appelé pour mistress Kingston, dont il fut le fiancé.

— Lui?

Elle prononça ce mot avec un effroi profond. Ce fut un voile qui couvrit ses grands yeux et se déchira subitement.

— Les affinités électives, murmura-t-elle; il y a quelque chose au fond de tout cela.

Puis, plus haut, mais à mon oreille :

— Et il voulait être aimé de moi, cet enfant... cet enfant qui est presque mon frère!

Je frémis. Toutes ces émotions successives firent leur effet accoutumé sur une âme aussi tendre que la mienne. Sans savoir pourquoi, je me pris à pleurer.

— Du courage, reprit Marjolaine. Vous allez être un homme, et il faut que ce soit une femme qui vous essuie les yeux.

Le médecin s'était retiré; Marjolaine entoura ma tête de son bras, et passa un mouchoir sur mon front.

L'imprudente! Les rideaux s'agitaient convulsivement; un mouvement violent les souleva, et ce mouvement fut suivi de la chute d'un linge et d'un jet de sang. J'étais seul placé vis-à-vis de Walter; seul je pus voir sa tête, où les cheveux figés formaient une plaque rougeâtre, se dresser pâle et les yeux fixés sur nous; je vis sa bouche s'entr'ouvrir comme pour parler, son regard devenir haineux, une écume écarlate étouffer la parole, et il retomba sur l'oreiller en râlant.

La porte s'ouvrit; mon oncle Antoine atteignait le faîte de la montagne de douleur.

Il jeta sur Marjolaine et sur moi un coup d'œil rapide comme un éclair; et ce coup d'œil, il y a des nuits mauvaises où je le sens encore pénétrer dans mon cœur.

La porte demeura grande ouverte.

Mon oncle fit deux pas dans la chambre, tourna sur lui-même, passa la main sur ses tempes, d'abord à droite, puis à gauche; enfin il recula, comme s'il eût voulu revenir sur ses pas.

Mais c'était pour revoir M. Kingston.

D'un doigt, il montra le lit; et, d'une voix sombre, d'une voix que je ne lui avais jamais connue :

— Qui est-ce qui l'a tué?

— Il a voulu s'introduire ici par le bal-

con, dis-je; M. Kingston l'a pris pour un voleur, et...

Mon oncle fit encore deux pas; je m'étais levé; il saisit mes deux mains, me regarda fixement, d'un regard étrangement joyeux, puis sa figure changea subitement.

— Encore lui, dit-il. *O milky heart* !

Ce fut un horrible cri, après lequel le vieillard prit un aspect terne et terreux, et, comme une masse, tomba près du lit de l'enfant.

En même temps, Dieu le voulut ainsi, un souffle suprême sortit de cette jeune poitrine. Walter était mort.

XIV

Conclusion

Le lendemain, vous auriez pu me voir, devant l'embarcadère, une heure environ avant de partir pour la France, relire une deuxième fois, tout en versant des larmes, la lettre suivante de Marjolaine :

« Soho-square, sept heures.

« Mon jeune ami, vous m'avez annoncé le jour et l'instant de votre départ. Vous ne pouvez le reculer, m'avez-vous dit ; un capitaine de votre connaissance doit vous conduire dans votre patrie. Croyez-moi, il n'en serait pas ainsi que vous devriez encore vous éloigner. Que pouvez-vous pour le soulagement de vos infortunés parents? Rien, que leur montrer un visage qui leur rappellerait celui de leur fils et des événements auxquels nous avons été mêlés tous deux. Que feriez-vous si vous demeuriez? Naïf, généreux, plein de vagues tendresses, tel, en un mot, que sont les cœurs d'élite à l'âge que vous avez (au moins l'ai-je entendu dire ainsi), vous avez besoin d'un guide dans la vie, et votre oncle, dans l'état où il se trouve, ne peut plus vous en servir. Retournez chez votre père. Vous avez une mère, des sœurs; vous oublierez plus vite tous vos chagrins d'outre-Manche. Puis il y a une personne qu'il vous faut oublier plus rapidement encore que vos chagrins; vous savez qui je veux dire.

» Il y a trois sortes d'amours,—retenez, je vous prie, cette simple philosophie : l'amour léger, joyeux, plein de caprices et d'insouciance, celui que je donne et que je possède, et je vous souhaite de ne le jamais connaître; l'amour profond, passionné, fiévreux, celui de Walter, et vous savez où il mène, enfin j'ai ouï parler d'un troisième amour, que j'admire : tendresse calme et souriante, ivresse légitime et bénie, source de la famille, à la fois mérite et récompense; celui-là, je ne le connaîtrai jamais, et c'est celui-là qui vous est destiné.

» Vous êtes venu en Angleterre croyant trouver dans notre bonne ville cette vie uniforme et spleenétique dont on se fait en Europe une si inconcevable image; vous avez contemplé sous le ciel brumeux du Nord l'explosion des feux du Midi; vous avez vu que partout on souffre, que partout on rêve, que partout on aime. Votre voyage vous aura appris à vous tenir en garde contre tout cela; la souffrance corrompt, le rêve aveugle, la passion tue. Je le répète donc, oubliez-nous, oubliez-nous tous; retournez là-bas, et, s'il vous faut absolument emporter avec vous un souvenir, gardez la mémoire des traits de ma sœur. C'est une image qui jamais ne vous causera de trouble : et comme je ne réclamerai certainement aucun de mes droits dans la maison de mon père, elle restera digne de vous, si vous restez digne d'elle. Je jette ces mots au hasard; mais n'est-il pas vrai qu'il n'y a rien d'impossible ?

» Un mot encore. Je ne veux pas que vous me preniez pour une folle, parce que je vous ai dit que, vivante, ma mère eût sauvé Walter. La démence a des inspirations divines, l'idée fixe une merveilleuse puissance. L'idée fixe de ma mère, c'était moi. Elle me cherchait sans relâche ; tous ses gestes, tous ses mouvements étaient dirigés vers moi ou vers ce qui se rapportait à moi. Gestes et mouvements instinctifs, car il m'est arrivé plusieurs fois de l'approcher sans qu'elle me reconnût. C'était un singulier état : j'y voyais un inexplicable magnétisme. Somnambule éternellement plongée dans son cauchemar, entre les mains de ma mère j'eusse mis un nom, une mèche de cheveux, un objet, quel qu'il fût, commun à Walter et à moi, où que Walter eût tenu de moi, ou que j'eusse tenu de Walter. Elle se fût mise à la piste sans pitié, sans relâche, aspirant de loin, comme un animal fidèle, les émanations qui venaient de mon corps. Voilà sur quoi je comptais pour retrouver Walter. Vous-même, ne vous a-t-elle pas suivi dans le port, ne s'est-elle pas attachée à vous sur la route ? Elle prévoyait sans doute qu'un instant je serais quelque chose dans votre vie. Si vous étiez homme, je ne vous dirais pas tout cela, car vous ririez de ces songes et de ma superstition, et vous vous écrieriez comme ils s'écrient tous : La bergère de Wakefield nous dit des contes de paysan. — Mais je vous parle sincèrement, car vous êtes proche de votre enfance, et votre oreille retentit encore des derniers chants de votre mère. Vous m'avez comprise.

» J'avais promis hier de vous recevoir avant votre départ; je ne vous recevrai pas. Si la chose vous est indifférente, je n'ai pas besoin de vous en expliquer le motif; si au contraire vous désiriez ardemment me revoir, oh! alors fuyez, fuyez en semant sur le sable les débris de cette lettre, fuyez sans détourner la tête vers le rivage d'Angleterre. »

C'était la seconde fois que je lisais ces mots : je n'allai pas plus loin. La pensée que, pour donner de pareils conseils, une femme ne doit pas aimer, m'avait arraché des larmes; mon orgueil froissé, tous mes sentiments refoulés les séchèrent sur ma joue brûlante.

— Ton désir sera satisfait, ô Marjolaine! murmurai-je avec rage, et les morceaux de ta lettre vogueront longtemps sur la mer.

Et je déchirai le papier en mille endroits et je l'éparpillai dans l'air.

Mais (voyez si j'étais un enfant), à peine avais-je achevé cette exécution sommaire, je tenais encore une dernière ligne de cette écriture chérie, qu'un sanglot désespéré souleva ma poitrine, et, plein de remords, je me mis à courir à la poursuite des fragments dispersés.

Je parvins à ressaisir le plus grand nombre; le vent soufflait du sud et les ramenait vers la terre. Quand j'eus complété ou à peu près la lettre, je sentis mon cœur déchargé d'un grand poids; il me sembla dès lors que Marjolaine n'était pas entièrement perdue pour moi, et je plaçai ce qui me restait d'elle dans un médaillon que je portais et qui contenait le portrait de mes sœurs.

— Eh bien, dis-je au capitaine Foot qui s'approchait, vous n'avez pas reçu ma valise ?

— Non.

— C'est extraordinaire. J'ai cependant écrit à miss Mary; je ne lui demande aucune explication, mais je lui fais comprendre ce que vous comprendrez vous-même, que je ne puis partir sans ma valise.

— Ah ! çà, dit le capitaine Foot, en s'asseyant sur un sac de toile, pourquoi diable vous a-t-elle gardé votre portemanteau ?

— Gardé ? vous voulez dire : volé, capitaine.

— Quelle pouvait être l'intention de cette jeune fille ? Vous n'avez là-dedans que des chemises d'homme ?

— Son intention... Capitaine, vous devez en savoir plus long que moi là-dessus. Vous m'avez dit...

— Ah, oui! la petite affaire, dit le vieux

marin d'un ton nonchalant; cela vous a intrigué, n'est-ce pas ?

— Enormément.

— Eh bien ! ce n'est rien du tout.

— Vraiment !

— Absolument rien. C'est moi qui les avais faits.

— Capitaine, m'écriai-je résolu à éclaircir ce mystère, au nom du ciel qu'aviez-vous fait ?

— Ces petits trous.

— Quels petits trous? exclamai-je exaspéré.

— Ces tout petits trous dans le mur, qui ont fait évanouir votre jeune fille, sous prétexte que vous aviez tenté de la voir en son déshabillé. Ces Anglaises sont si prudes.

Le capitaine se leva, heureusement pour lui, car j'eus la tentation de lui sauter à la gorge. Comment! non content d'avoir embrassé à mes yeux la jolie servante d'auberge, cet effronté capitaine avait osé porter ses regards... Je réfléchis que miss Mary était arrivée en même temps que moi à l'hôtel, et que la fabrication desdits trous devait être antérieure.

Voilà donc quelle était la cause de ma fuite, du courroux de la jeune Anglaise, de mes terreurs et de la perte de ma valise. De tout cela, le capitaine Foot, ce protecteur infligé par mon père, était le seul, le véritable coupable. O capitaine Foot, impudent et perfide !

Il se retirait.

J'avais sondé maintenant ce vaste inconnu où je m'étais perdu, dès mes premiers pas dans le monde, au sortir de la maison paternelle. Je savais l'histoire de mes malheurs; j'ignorais encore celle de mes succès. Oh! celle-là, je ne la saurai jamais. J'ai compté les péchés qu'on m'attribuait; qui me dira les services que j'ai pu rendre? Ce ne sera pas miss Mary. Le cœur des jeunes filles, celui des jeunes Anglaises est profond comme l'Océan ; le plus hardi plongeur n'y retrouve ni les bijoux, ni les secrets perdus. M'aimerait-elle? Aurait-elle voulu me sauver?

Je ne fis pas cette dernière réflexion ; mais je me tins pour assuré que M. Kingston n'en savait pas plus que moi; et l'avis donné en wagon, au moment où la vieille mistress s'élançait à la portière, me parut être le seul bienfait qui pût me valoir une reconnaissance méritée.

Une bonne apparaît au coin de la rue ; une gigantesque bonne, que je contemple alors pour la première fois, mais que je considère avec une attention soutenue.

Vous voyez comme moi que cette bonne porte ma valise.

Derrière elle, une charmante fée glisse, effleure le pavé; c'est miss Mary, voilée, vêtue de noir.

Elle s'approche, elle vient à moi; la bonne dépose son fardeau à mes pieds.

Je ne sais que dire; le silence règne.

Tout à coup miss Mary lève son voile; son visage est baigné de pleurs.

Elle s'assied à quelque distance, ne paraît pas me voir, mais regarde l'Océan.

A vrai dire, encadrée dans ces vêtements noirs, la blancheur de sa peau satinée jette d'éclatants rayons; ainsi penchée, ainsi regardant les flots, on dirait la vierge Comala appelant Fingal sur la colline d'Arven. Je ne l'avais point vue encore sous ce poétique aspect.

Ne serait-ce pas l'amour qu'elle appelle? Ne pleurerait-elle pas sur ces vagues qui vont entraîner mon navire?

J'aperçois la silhouette du capitaine Foot; il vient me chercher, l'heure s'avance. Il faut absolument que je dise un dernier adieu à miss Mary.

— Miss...

Elle lève sur moi ses yeux bleus et les détourne subitement.

— Miss, je pars; voulez vous me permettre de vous remercier, et de vous témoigner une dernière fois toute ma reconnaissance?

— Oh non, dit-elle.

— Je réfléchis, miss, que je n'ai pu remettre encore à monsieur votre père le billet qu'il m'a prêté... Veuillez...

— Oh non, dit-elle encore en repoussant ma main.

Puis, se levant, et le voile romanesquement baissé :

— Un abîme nous sépare maintenant. Regardez dans la boîte. Un abîme sépare les Capulet et les Montaigu. Regardez dans la boîte.

Elle s'éloigna à grands pas.

Sa forme svelte n'avait pas encore tourné l'angle de la rue, que ma malle était ouverte, et que, jaillissant du gousset de mon gilet marron, je trouvais un papier où pour la seconde fois ces mots étaient tracés :

For ever.

Pour toujours.

— Après tout, dis-je en m'asseyant sur mon porte-manteau et jetant un dernier regard sur la vision qui s'enfuyait, Marjolaine n'a-t-elle pas dit qu'il n'y aurait rien d'impossible?

FIN

Paris. Imprimerie de Dubuisson et Ce, rue Coq-Héron, 5. (6276)

9 782019 188252